AF220604

Bradford &Parks

Im Auge des Betrachters

Zum Buch

Es fing alles ganz harmlos an. Eine überraschende Begegnung in einem Coffeeshop und ein Toter in einer Mülltonne im Financial District in Manhattan. Ein klassischer Samstagmorgen. Als Avery Bradford und John Parks vom NYPD sich des Falles annehmen, ändert sich das schlagartig. Denn der ermordete Jordan Harris war der Bruder eines in Libyen gefallenen Soldaten. Das wäre an sich nichts Besonderes, wenn gewisse Details die beiden Begebenheiten nicht verbinden würden. Und plötzlich müssen Bradford und Parks nicht nur ihren aktuellen Fall lösen, sondern auch herausfinden, was dazumal passiert ist, bevor noch weitere Opfer auftauchen. Denn jemand scheint eine ganz eigene Art zu haben, mit der Vergangenheit aufzuräumen ...

Zum Autor

Ethan Baker, geboren 1974, ist ein Pseudonym. Manche sagen, der Name stehe ihm gut. Es wird gemunkelt, der Autor sei nicht in Deutschland zuhause, kenne sich aber mit der deutschen Sprache trotzdem aus. Man hat ihn durchaus auf einer Universität antreffen können, dazumal, in den späten Achtzigern. Gearbeitet hat er in vielen Jobs und nicht alle standen in direktem Zusammenhang zum schriftlichen Wort. Manche aber schon. Heute verschreibt er seine Zeit mit Krimis und anderen spannungsreichen Literaturgattungen. Eben auch unter Pseudonym.

Ethan Baker

Im Auge des Betrachters

Bradford & Parks #4

Alle Rechte vorbehalten
2. Auflage 2020
© 2019 *Ethan Baker*

ISBN 978-3-7519-7675-6

Titelbild © Robert Babiak jun., pixelio.de
Lektorat: Kelter Media GmbH Hamburg
Herstellung & Verlag: Books on Demand, Norderstedt (D)

Bibliografische Information der Deutschen Nationalbibliothek: Die Deutsche Nationalbibliothek verzeichnet diese Publikation in der Deutschen Nationalbibliografie; detaillierte bibliografische Daten sind im Internet über www.dnb.de abrufbar.

»Ein echter New Yorker mag das Geräusch des Mülllasters am Morgen.«

R. L. Stine

Bereits erschienen

New York mon amour

Requiem für Ginger

Schnee über Manhattan

Im Auge des Betrachters

Prolog

Der Mann drehte sich nicht zum ersten Mal um. Seit er im Schutze der Nacht die U-Bahn in der Whitehall Street verlassen hatte, wich das Gefühl, beobachtet zu werden, nicht mehr von seiner Seite. Doch auch diesmal war es ihm nicht möglich, jemanden auszumachen. Er blickte kurz die State Street hinunter, ließ den Blick über die New Amsterdam Plein gleiten. Die dunklen Umrisse der Bäume, der geduckte Glaskomplex des Staten Island Ferry Terminals, einer Katze gleich, die nur darauf wartete, dass sich die Maus wieder bewegte. Er versuchte das ungute Gefühl abzuschütteln, wandte seinen Gedanken den Rücken zu und begann hastigen Schrittes die Water Street hochzugehen. Und obwohl die Vorahnung nicht von ihm wich, drehte er sich nicht mehr um. Er ließ die Moore Street und Brad Street hinter sich und kam nach dem Parkhaus auf die Höhe der Nummer 101. Der Platz lag schlecht beleuchtet und menschenleer vor ihm. Finstere Fassaden zu beiden Seiten, einige Abfalltonnen. Vieles, was ein Versteck hätte bieten können. Große Säulen. Einzelne schwach beleuchtete Fenster zeugten von anderen Leben und anderen Gründen, nicht schlafen zu können.

Er blieb kurz stehen, atmete tief durch.

Ein leichter Wind wehte vom East River herüber. In der Ferne die Geräusche der Großstadt. Es war keine gute Idee gewesen, dem Anruf Folge zu leisten. Er musste die Stadt verlassen. Und zwar so schnell wie möglich. Seine Augen schweiften noch einmal über die einsame Straße, die Gebäude gegenüber. Dann drehte er sich um. Mitten in der Bewegung hielt er inne, als er in die Mündung einer Waffe mit Schalldämpfer starrte. Im Zwielicht konnte er sein Gegenüber nicht wirklich sehen. Doch obschon er seine Gesichtszüge nur erahnen konnte, kam es ihm so vor, als würde der andere grinsen.

Einen Augenblick blieb die Welt stehen, in einer Stadt, die niemals schläft. Alle Geräusche verstummten. Im nächsten Augenblick zerriss der Schmerz seinen Schädel und das Blei seine Brust. Drei dumpfe Explosionen am Ende der Nacht. Er fiel auf die Knie, atmete ein letztes Mal ein, bäumte sich innerlich noch einmal gegen die Gewissheit auf, so sterben zu müssen, und fand dabei sogar noch die Kraft, den Kopf zu heben. Sein letzter Blick galt der Stufenlandschaft vor ihm und blieb an den dunklen Umrissen der Bäume haften. Dann fiel der Mann kopfüber auf die Straße.

Kapitel 1

»Avy, bist du das?«

Avery Bradford drehte sich mit zwei vollen Pappbechern um und hätte sie beinahe fallengelassen. Überrascht starrte sie den Mann an, der ihr etwas verlegen lächelnd gegenüberstand. Sie warf einen kurzen Blick in die Runde, um sicher zu gehen, dass das nicht ein schlechter Scherz war.

»Billy?« Erneut blickte sie sich um. »Was machst du denn hier?« Sie machte einen Schritt auf ihn zu.

»Ich brauch einen Kaffee.« Der Mann grinste. Ein Surfer, der den Strand nicht mehr fand. Bradford warf einen erneuten Blick über Billys Schulter nach draußen, wo John Parks rauchend auf sie wartete.

»Willst du mich verarschen?«, fragte sie ihn. »Solche Zufälle gibt es nicht.«

Billy ließ sich nicht aus der Ruhe bringen und warf seinerseits einen Blick nach draußen.

»Dein Neuer?«

»Eigentlich geht dich das nichts an. Aber um auf deine Frage zu antworten: Nein. Das ist John Parks, mein Partner beim NYPD.«

»NYPD?« Billy nickte. »Es ist lange her …«, sagte er dann und sah auf seine Zehenspitzen hinab. Irgendetwas stimmte da nicht. Sie kannte Billy nicht so schüchtern. War es die fremde Umgebung, die ihn so zaghaft erscheinen ließ? Seit sie auf Anregung des Psychiaters, der sie nach dem Unfall damals betreute, weggezogen war, hatte sie keinen Kontakt mehr zu ihrer Vergangenheit zugelassen. Und nun stand der Bruder ihres verstorbenen Mannes in einem Coffee Shop mitten in Manhattan. Avy fühlte sich mit einem Male nicht mehr wohl. Sie spürte, wie es in ihr zu arbeiten begann. Draußen warf Parks seine Zigarette fort. Avy sah, wie er sein Handy aus seiner Jackentasche holte.

»Was machst du hier in New York?« Sie versuchte, ihren Atem so ruhig wie möglich zu halten, damit ihre Stimme nicht versagte. Aber Billy, auch wenn er ihre Unsicherheit bemerkt hatte, reagierte in keiner Weise darauf. Er wich ihrem Blick aus.

»Ich muss ...«, begann er. »Also ich wollte mit dir sprechen ... Ich ...«

Anscheinend hatten sie einen Fall, denn Parks machte die Tür auf und blickte herein.

»Avy, wir müssen.« Billy blickte den Cop irritiert an.

»Ich muss los. War schön, dich zu sehen ...« Avy ging an Billy vorbei. Parks blickte von ihr zu Billy und zurück.

»Probleme?«, fragte er und musterte Billy dabei von Kopf bis Fuß.

Billy Haaland, mit den wilden, blonden Locken und den hellen Augen, stand wie ein verlegener Schuljunge dort, ein schiefes

Grinsen im unrasierten Gesicht, die Hände tief in den Taschen seiner blauen Jeans. Dazu trug er ein Sexpistols-T-Shirt, eine Bomberjacke und weiße Turnschuhe. Dass er nicht von hier kam, war Parks auf den ersten Blick klar.

»Nein, alles in Ordnung. Komme schon.« Parks nickte, hielt ihr die Tür offen. Er schien der Sache nicht wirklich zu trauen. Avy wandte sich wieder an Billy. »Hat mich gefreut, dich wiederzusehen. Schönen Aufenthalt in New York. Es ist eine schöne Stadt, du wirst sehen.«

Billy machte einen Schritt auf Avy zu, sodass sich ihre Köpfe fast berührten. Ihr lief ein Schauer über den Rücken, aber zurückweichen konnte sie mit den beiden gefüllten Bechern nicht.

»Ich muss mit dir reden, Avy.« Billys Stimme war nur noch ein Flüstern. Immer wieder warf er Parks einen Blick zu, der ihm diesen mit der Interesselosigkeit eines satten Löwen zurückgab.

»Es ist dringend«, beharrte er. »Wo kann ich dich erreichen?«

Avy blickte zu Parks hinüber. Sie lächelte schwach.

»Nun ja...«, sagte sie und machte einen Schritt zurück. Dabei wäre sie fast mit einer kleinen Frau asiatischen Ursprungs zusammengestoßen, die in diesem Moment mit ihrem Kaffee in Richtung Ausgang unterwegs war. Avy entschuldigte sich hastig, erntete aber trotzdem einen bösen Blick.

Billy blieb unschlüssig stehen, zog schließlich einen kleinen Streifen Zeitungspapier aus seiner Tasche und legte ihn auf einen der Pappbecher. Eine Telefonnummer war darauf geschrieben.

»Ruf mich an, ja? Im Namen der alten Zeiten. Tu es nicht für mich, tu es für Jerry.«

Avy lief es kalt über den Rücken. Jerry. Das musste ein Alptraum sein.

Ohne ein weiteres Wort und ohne Parks eines Blickes zu würdigen verließ Haaland das Lokal.

Einen Augenblick blickte Avy ihm nach. Dann setzte auch sie sich in Bewegung. Im Vorbeigehen hielt sie Parks einen Pappbecher hin.

»Haben wir einen Fall?«, fragte sie wie nebenbei. Doch Parks war weder blind noch dumm.

»Wer war das?«, wollte er wissen. Avy stand bereits auf der Straße. Von Billy war bereits keine Spur mehr zu sehen.

»Ach, niemand. Ein alter Bekannter.« Sie nahm den Zettel an sich, warf einen kurzen Blick auf die Telefonnummer. Einen Augenblick stutzte sie. Die Nummer endete mit den Zahlen 19 74. Kommentarlos steckte sie den Zettel in ihre Jeans.

»Ein alter Bekannter in New York?« Parks lachte und öffnete per Knopfdruck die Türen des SUV. Avy zog eine Grimasse, als wartete sie nach einem Glas Tequila auf die Zitrone, und stieg ein.

»Ganz genau.«

»Du hast alte Bekannte in New York?«

Parks setzte sich hinters Steuer und reichte ihr seinen Pappbecher, um sich angurten zu können.

»Nicht aus New York.«

Sie gab ihm den Kaffee zurück. Er nahm einen Schluck, startete den Motor und stellte den Becher in die Ablage zwischen den Sitzen.

»Hab ich mir schon fast gedacht.«

Was wollte Billy von ihr? Wie hatte er sie gefunden?

»Haben wir nun einen Fall oder nicht?«, wechselte sie erneut das Thema und bereute es im selben Moment auch schon. Parks blickte sie einen kurzen Augenblick eindringlich an, sagte aber nichts mehr dazu. Er setzte den Blinker und reihte sich in den morgendlichen Verkehr ein.

»Wir haben einen Toten in einer Mülltonne.«

»Großartig.«

»Nicht mehr für ihn.«

Kapitel 2

Der Fundort befand sich in Lower Manhattan, an der südlichen Spitze der Insel, dem Ort, an dem alles begonnen hatte. In Lower Manhattan hatten holländische Siedler damals die ersten Häuser von Nieuw Amsterdam gebaut, dem Ort, der nach der Eroberung durch die Briten den Namen New York erhielt. Bis heute tragen die Straßen dieses Quartiers keine Nummern, sondern Namen. Der Stadtteil, in welchen Parks den SUV nun lenkte, kannte man auch als Financial District. Am Wochenende war dieser Teil der Stadt fast ausgestorben. Inmitten von hohen, mit rotem Stein und Glasfronten versehenen Wolkenkratzern befand sich die Water Street, und auf dem kleinen Platz auf Höhe der Nummer 101 standen sogar einige Bäume. Eingepfercht in eine Stufenlandschaft zwischen einem Parkhaus,

Mietwohnungen und Büroräumlichkeiten. Der Ort wirkte klein und irgendwie verloren. Zumal der Platz bereits abgesperrt worden war. Streifenwagen und zivile Einsatzfahrzeuge parkten wild durcheinander am und auf dem Gehsteig.

Bradford und Parks hatten ihre Marken an ihren Jacken befestigt und konnten so problemlos die Absperrung passieren. Avy drehte sich einmal um sich selbst. Sie nahm die Sonne wahr, die sich in den verglasten Oberflächen der Hochhäuser zu spiegeln begann und sich so einen Weg in die Straßenschlucht suchte. Sie roch förmlich den East River, den man mehr ahnen als sehen konnte, drehte man dem Tatort den Rücken. Kriminaltechniker sicherten auf dem Gelände Spuren. Ein Fotograf schoss Fotos, wo dunkle Flecken am Boden auf Blut hindeuteten. Uniformierte sicherten den Zugang. Einige Schaulustige.

Die Energie der Stadt war spürbar. Zu jeder Zeit.

»Da seid ihr ja«, begrüßte Andrew Collister die beiden. »Das Opfer ist Jordan Harris, ein Afro-Amerikaner, 42 Jahre alt.«

Collister. Portugiesischer Herkunft. Helle blaue Augen, dunkler Anzug auf blauem Hemd. Ein Lächeln wie südländische Musik nach fünf Tequilas.

»Was machte er in diesem Quartier?« Bradford hatte mehr zu sich selbst gesprochen.

»Das würde ich auch gern wissen. Kommt mit.«

Collister ging voran. Avy hatte das Gefühl, beobachtet zu werden. Die Menschen-menge. Sie ließ ihren Blick kurz ab-schweifen, hob dann den Kopf. Ein Vorhang im 9. Stock, der sich bewegte. Sie zählte die Stockwerke nach.

»Hier muss es passiert sein. Wir haben Blut am Boden gefunden. Dreimal wurde aus nächster Nähe auf ihn gefeuert.«

»Wer hat ihn gefunden?«, wollte Parks wissen.

Collister sah in seinen Notizen nach. »Ein Mann namens Tony Rodriguez, als er den Müll in die Tonne werfen wollte.«

»In der Tonne?«

»Ja, der Mann, also die Frau, oder was immer er ist, sah einen Schuh aus dem Müll ragen. Erst als er daran zog, merkte er, dass da noch ein Bein dran war.«

»Mann oder Frau?« Parks blickte Collister belustigt an.

»Schwierig zu sagen. Er war noch nicht abgeschminkt, als wir eintrafen.« Er grinste frech.

»Wieso hat der Täter sich die Mühe gemacht, den Toten in die Mülltonne zu stecken, um dann den Schuh fein säuberlich für alle sichtbar herausragen zu lassen?«

»Er wollte, dass man ihn findet«, offenbarte Collister.

»Wie das?«

»Zeige ich dir gleich.«

»Hatte er Wertsachen bei sich?«, mischte sich Bradford ein.

»Uhr, Brieftasche, Geld, Handy. Alles da.«

»Also kein Raubmord.«

»Sieht nicht danach aus.«

»Kannte Rodriguez den Toten?«

»Rodriguez wohnt in einem der Wohnblöcke da hinten.« Collister machte eine Geste in Richtung eines der Gebäude. »Aber Harris hatte er noch nie gesehen. Bis heute Morgen ...«

Parks nickte.

»Es ist einerlei, jemanden hier zu erschießen«, sagte er. »Die Frage ist, wieso nehme ich das Risiko auf mich, ihn dann noch zu bewegen, wenn ich, umrundet von Hochhäusern, damit rechnen muss, dass mich jederzeit jemand sehen kann.«

»In der Nacht ist dieser Teil der Stadt wie ausgestorben. Die meisten Gebäude hier sind Büroräumlichkeiten.«

»Bis auf den Block da hinten.«

»Ja, bis auf die Wohnungen dort. Wir werden auf alle Fälle die zwölf Stockwerke abklappern. Vielleicht haben wir ja Glück.«

»Wo ist Delano?«, fragte Parks.

Collister grinste. »Der sitzt mit Rodriguez in der mobilen Einsatzzentrale.«

»Keine Kameras?«, wollte Bradford wissen.

»Vor den Eingängen schon, aber hier, wo die Mülltonnen stehen, nicht.«

»Wir brauchen die Aufnahmen«, sagte Parks.

»Ist schon veranlasst worden.«

Sie waren beim Fundort angekommen. Man hatte den Toten aus der Mülltonne befreit und auf den Boden gelegt. Parks grüßte die Kollegen der Spurensicherung, zog sich weiße Handschuhe über und ging neben dem toten Harris in die Knie.

»Welcher Fuß?«

»Der linke.«

Parks hob vorsichtig das Bein hoch. Auf der Fußsohle stand die Zahl eins.

»Scheiße«, kommentierte er.

»Ich habe es nur gedacht, aber ja ...«, bemerkte Collister.

Bradford ging neben Parks in die Hocke.

»Irgendeine Information zu der Nummer auf dem Fuß?«

Parks legte das Bein behutsam zurück auf den Boden und blickte sich um.

»Nein«, antwortete Collister.

Der Detective Sergeant nickte und stand auf, als gegenüber die Tür zur mobilen Einsatzzentrale aufging und Delano herauskam, gefolgt von Tony Rodriguez.

Oder dem, was von ihm übrigblieb.

Collister hatte nicht übertrieben. Von der Statur her wirkte Rodriguez eher männlich, die Bewegungen aber ließen jeden zweimal hinschauen. Er trug einen Rock, die langen Haare waren zu einem Pferdeschwanz zusammengebunden. Dunkle Augenringe und ein Ansatz von Bart durchdrangen das üppige Make-up. Parks hielt direkt auf ihn zu, was Rodriguez mit immer größeren Augen zur Notiz nahm. Er hatte Angst, das konnte man förmlich spüren. Aber wovor?

»Parks, NYPD. Das ist Detective Bradford«, stellte Parks sie knapp vor. »Wir haben da einige kleine Fragen an Sie, Mr Rodriguez.«

Delano verdrehte die Augen.

»Ricardo, schon gefrühstückt?«, wollte Parks wissen. Delano hielt inne und blickte seinen Vorgesetzten an, als könnte er ihm nicht folgen.

»Nein, wieso?«

»Wenigstens Kaffee gehabt?«

Delano schüttelte den Kopf.

»Wir haben unsere Becher im Wagen gelassen. Aber vielleicht könntest du uns ja welchen besorgen?«

»Wieso immer ich?«

»Wieso immer ich?«, äffte Collister seinen Kollegen nach und erntete dafür einen bösen Blick.

»Gibt es überhaupt Kaffee in Portugal, wo du herkommst, Andrew?«

Collister verzog keine Miene. »Kaffee und Liebe sind heiß am besten. Und Portugal ist heiß. Das solltest du ja eigentlich wissen. Du arbeitest ja schließlich schon eine ganze Weile mit mir.«

»Nur, weil deine Familie von dort kommt, heißt das noch lange nicht, dass du auch Charakter hast.«

Parks wandte sich an Rodriguez, der dem Gespräch mit immer größerer Verwunderung folgte.

»Kaffee?«

Rodriguez schüttelte den Kopf. Parks drehte sich zu Bradford.

»Kaffee?«

Bradford schüttelte ebenfalls den Kopf.

»Delano, einen Kaffee für mich, bitte.«

»Nicht wirklich dein Ernst, oder?«

Parks antwortete nicht.

»Und für mich einen Cappuccino«, setzte Collister einen oben drauf.

Delano zögerte, zuckte dann mit den Schultern und trollte sich. Collister sah ihm breit grinsend hinterher.

»Collie, der Wohnblock.«

»Was?«

»Der Wohnblock.«

»Was ist mit dem Wohnblock?«

»Es sind circa zwölf Stockwerke, nicht?«

»Schätzungsweise, aber ...«

»Wenn du jetzt anfängst, bist du bis heute Abend durch.«

27

Collister blieb der Mund offen. »Nicht dein Ernst, oder?«

»Sehe ich aus, als würde ich spaßen?«

»Ach, nee ... Ich meine doch nur ... Zu zweit sind wir doch ...«

»Ricardo bringt dir den Kaffee nach.«

Es war Collister anzusehen, dass ihm der Ausgang der Situation überhaupt nicht behagte. Aber er widersprach nicht und setzte sich brummelnd in Bewegung.

Kapitel 3

Tony Rodriguez waren die Exzesse der vergangenen Nacht deutlich anzusehen, als er seinen Meter fünfundsiebzig erneut auf die Bank in der mobilen Einsatzzentrale fallenließ.

»Ich habe Ihrem Kollegen doch schon alles gesagt«, beklagte er sich.

Parks nahm einen Stuhl, drehte ihn um und setzte sich rittlings gegenüber. »Dann werden Sie es uns eben noch einmal erzählen.«

Rodriguez' Blick glitt von Parks zu Bradford, die am Eingang stehengeblieben war.

»Können Sie uns noch einmal schildern, wie Sie den Toten gefunden haben?«

Rodriguez strich sich übers Gesicht.

»Sie werden mich wohl sonst nicht gehen lassen, was?«

Parks antwortete nicht. Rodriguez seufzte.

29

»Ich war gerade dabei, meinen Müll zu entsorgen, als mir der Schuh auffiel.«

»Wann war das?«

»So gegen vier Uhr dreißig in der Früh?«

»Entsorgen Sie Ihren Müll immer um diese Zeit?«

»Hängt vom Abend davor ab.«

»Ihr Kaffee, Chef.« Delano steckte seinen Kopf in den Wagen.

»Wo ist Andrew?«

Parks nahm den Becher entgegen. Der ganze Raum roch plötzlich nach gerösteten Bohnen. Rodriguez entspannte es.

»Im Wohnblock. Er sagte, er wolle schon mal mit den Befragungen beginnen.«

»Hat er das?« Die Zweifel konnte man deutlich von Delanos Gesicht ablesen.

»Nein, hat er nicht. Aber er wird seinen Cappuccino brauchen.«

Delano grinste breit. »Dacht ich's mir doch.«

Parks nahm einen Schluck und stellte den Becher vor sich auf den Tisch. Stille legte sich über den Raum. Es dauerte einen kurzen Augenblick, ehe Delano begriff.

»Oh ... ich ... Also, ich ...« Er deutete vage mit dem Daumen über seine rechte Schulter. »... bin dann mal ... na ja ... weg.«

»Guter Mann.« Parks grinste.

»Vier Uhr dreißig, ja?«, nahm Bradford das Gespräch wieder auf.

Rodriguez nickte. »Der Schuh, ja. Er schien in der Luft zu schweben. Erst als ich näher trat, konnte ich das Bein sehen, das noch dran hing.«

Er schwieg betreten. »Ich werde den Anblick nie mehr vergessen können.«

Bradford konnte es ihm nachfühlen.

»Was taten Sie genau?«, wollte Parks wissen.

»Als ich merkte, dass da noch ein Fuß im Schuh war, habe ich den Müll zur Seite geschoben und entdeckte den Toten. Überall war Blut. Dann habe ich die 911 gewählt.«

»Der Tote war unter dem Müll versteckt?« Parks tauschte einen Blick mit Bradford aus.

Rodriguez nickte schwach.

»Kannten Sie den Toten? Oder haben Sie ihn irgendwann schon einmal gesehen?«

Rodriguez schüttelte den Kopf.

»Haben Sie jemanden gesehen oder etwas gehört, als Sie das Gebäude verließen?«

»Nein, nichts.«

»Wo waren Sie, bevor Sie den Müll entsorgt haben?

»Ich war im Flaming Saddles auf der 9th Avenue.«

»Und bis wann?«

»Sie schließen um vier Uhr.«

»Sie blieben bis zum Schluss?«

»Es war vielleicht zwei Uhr, als ich den Club verließ. Ich erspare mir immer öfter den letzten Teil der Nächtlichkeiten.«

»Wann kamen Sie im Club an?«

Rodriguez überlegte einen kurzen Moment. Die Müdigkeit schien ihm plötzlich Schwierigkeiten beim Denken zu bereiten. Dann schüttelte er den Kopf. »Ich weiß es nicht mehr. Vielleicht elf Uhr? Mitternacht?«

»Kann uns das jemand bestätigen?«

Rodriguez blickte stumpf vor sich hin.

»Ich weiß nicht. Der Abend war vollgepackt.«

»Sie sind allein dort hingegangen?«

»Wieso nicht?«

»War nur eine Frage.«

Bradford tauschte einen weiteren Blick mit Parks.

»Was machen Sie beruflich?« Bradford sah kurz nach draußen, schloss dann die Tür. Rodriguez zuckte zusammen, als würde ihm plötzlich die Luft fehlen.

»Ich arbeite bei Watson in der Jersey Avenue.«

»Sie sind Bestatter?«

Rodriguez lächelte matt. »Tagsüber.«

»Also, ich bin kein Experte ...«, begann Parks.

»Ich weiß, das mag Ihnen eigenartig erscheinen«, unterbrach ihn Rodriguez. »Aber hey, das ist New York.«

»Wie auch immer. Wir werden das sowieso überprüfen. Aber kommen wir zurück zu unserem ...«

Die sich öffnende Tür unterbrach den Detective Sergeant. Die Rechtsmedizinerin Nora Garcia grinste breit, als sie sein fragendes Gesicht sah.

»Ich störe nur ungern beim tête-à-tête, aber ich wäre dann so weit.«

»Auch schon da?«, witzelte Parks.

»Im Vergleich zu anderen habe ich ein Leben neben dem Job.«

»Autsch ...«, gab Bradford von sich. Die beiden Frauen grinsten sich kurz an. Garcia stieg in den Wagen. Der Platz wurde langsam wirklich knapp. Knapper als ihr schwarzes Kleid, das ihren eher üppigen Körperbau angenehm betonte, dazu trug sie schwarze Strümpfe, High Heels und weiße Einwegplastikhandschuhe.

Bradford machte ihr ein Kompliment: »Das steht dir wirklich gut.«

»Die Handschuhe? Ich weiß.« Garcia machte einen kleinen Knicks.

Parks verdrehte die Augen. »Was kannst du uns sagen?«

»Nun ja, nach meinen Schätzungen muss er zwischen drei Uhr und vier Uhr dreißig zu Tode gekommen sein. Genauer weiß ich es allerdings erst nach der Obduktion. Er wurde aus unmittelbarer Nähe angeschossen. Keine offenkundigen Anzeichen anderer Verletzungen als die drei Einschusslöcher.«

»Also hatte er sich nicht gewehrt.«

»Hatte sehr wahrscheinlich keine Möglichkeit dazu.«

Parks nickte kurz. »Wie war eigentlich die Oper?«

»Oh, du erinnerst dich also.«

»Na klar. Wieso sollte ich nicht?«

»Würde dir auch gefallen. Bin ich mir sicher.«

»Das wage ich zu bezweifeln.«

»Zweifel sind immer gut. Sie machen alles so vielleichter.«

Kapitel 4

»Unser Opfer ist kein Unbekannter.« Delano heftete das Foto von Jordan Harris auf das Whiteboard im Office des NYPD. »Er ist bereits mehrfach vorbestraft. Drogendealer, Diebstahl, Überfall in kleinem Rahmen. Nichts Schwerwiegendes. Seit einem Jahr haben die Kollegen nichts mehr von ihm gehört.«

»Er hatte einen Bruder, der in East New York wohnte, bevor er 2012 in Libyen ums Leben kam. Nach dessen Tod an keinem festen Wohnsitz mehr gemeldet. Seine Kreditkarten wurden vierundzwanzig Stunden vor seinem Tod das letzte Mal benutzt.«

Bradford nahm einen Schluck von ihrem Kaffee. »Was suchte er in Lower Manhattan an einem Samstagmorgen?«

»Er wollte jemanden treffen?«, schlug Collister mit säuselnder Stimme vor. Bradford sah ihn dafür nicht einmal an.

»Wir haben eine Uhr sichergestellt, ein Einweghandy, eine Brieftasche mit Bargeld.«

»Was ist mit dem Handy?«, wollte Parks wissen.

Collister reichte ihm einen Ausdruck. »Hier sind die Nummern, die wir darauf finden konnten. Auch da ist nichts wirklich Auffälliges. Der letzte Anruf erfolgte etwa eine halbe Stunde vor dem angenommenen Todeszeitpunkt. Den Anruf hat er getätigt. Aber niemand hat abgenommen.«

»Und wem gehört diese letzte Nummer?«

»Wir wissen es nicht«, gab Collister zu. »Die Nummer ist nicht gemeldet.«

Parks reichte die Liste an Bradford weiter. Sie überflog sie kurz und hätte sich beinahe verschluckt. Die erste Nummer erkannte sie. Parks war ihr verblüffter Gesichtsausdruck nicht entgangen.

»Ist der Kaffee zu stark für ein Südstaatengirl?«

Sie schnitt ihm eine Grimasse, stellte die Tasse ab und zog den kleinen Zettel aus der Tasche, auf welchem Billy ihr seine Nummer notiert hatte. Sie hielt ihn neben den Ausdruck.

»Ist jetzt aber nicht wahr?« Parks verdrehte die Augen.

Bradford antwortete nicht.

»Dein alter Bekannter?«

Sie reichte ihm die Liste und den Zettel.

»Entschuldigen Sie, die Herrschaften, aber dürften wir um Untertitel bitten? Was für ein Bekannter?« Delano schaute fragend von Parks zu Bradford und zurück.

»Avy hat heute Morgen in einem Coffee-Shop einen alten Bekannten getroffen.«

»Einen alten Bekannten? In New York?« Collister verstand immer noch nicht.

»Habe mich auch gewundert«, gab Parks lakonisch von sich.

»Billy Haaland ist der Bruder meines Exfreundes Jeremy. Ich habe seit Jahren nichts mehr von ihm gehört.«

»Und der taucht plötzlich mitten in New York in einem Coffee-Shop auf?«, wunderte sich Delano.

»Er wollte mit mir reden, sagte, es sei dringend.«

»Hat ihr seine Telefonnummer gegeben«, sagte Parks. »Und nun wird er tatsächlich zu einem Hauptverdächtigen in einer Mordermittlung.«

»Das sind Geschichten, wie sie nur in New York geschrieben werden.« Delano grinste.

»Was hat er mit Harris zu tun?«

»Es gibt wohl nur einen Weg, das herauszufinden.« Bradford machte zwei Schritte, aktivierte den Lautsprecher und wählte die Nummer, die Parks ihr vorlas. Nach acht Klingelzeichen unterbrach sie den Anruf wieder.

»Klassisch«, argumentierte Collister.

»Klischee«, kommentierte Delano.

»Anscheinend ist das Handy noch an. Kannst du mal sehen, ob wir es orten können?«

»Geht klar«, gab Delano zur Antwort und notierte es sich in seinem Notizbuch.

»Was ergab die Befragung der Anwohner?« Delano nickte Collister zu.

»Ich darf?«

»Na klar, Alter vor Intelligenz.«

»Ist das witzig?«

»Genug jetzt!« Parks wirkte entnervt. »Was habt ihr herausgefunden?«

»Nun ja ...«, gab Collister kleinlaut zu. »Herausgefunden ist nicht das richtige Wort. Es scheint so, als hätte niemand etwas gehört oder gesehen.«

»Also kommen wir da nicht weiter.«

»Ich habe noch Infos dazu. Laut Garcia hat der Täter eine Glock 17 benutzt, 9mm Kaliber also. Mit Schalldämpfer. Das könnte erklären, weshalb niemand etwas bemerkte.«

»Super. Eine der meistverbreiteten und populärsten Waffen überhaupt.«

»Ich weiß«, gab Parks zu. »Zugleich muss der Täter schnell gehandelt haben. Garcia hat den Todeszeitpunkt eingegrenzt. Harris muss zwischen 3.45 Uhr und 4.15 Uhr ermordet worden sein. Sie geht davon aus, dass er sofort starb. Alle drei Schüsse haben das Herz getroffen. Und auch wenn diese aus nächster Nähe abgefeuert worden sind, müssen wir davon ausgehen, dass es jemand war, der sich mit Waffen auskennt.«

»Schnelles Aufräumen, geschultes Umgehen mit Waffen, keine Spuren …«

»Bis auf die Nummer auf dem Schuh.«

»Riecht nach einem Auftrag.«

»Wir müssen herausfinden, weshalb sich Harris im Financial District aufhielt.«

»Vielleicht traf er ja dort einen alten Bekannten?«, witzelte Delano, erntete einen belustigten Blick von Parks und einen etwas weniger freundlichen von Bradford.

»Gut. Delano, du kümmerst dich um unseren Bestatter. Collie, du wirst dich um Harris selber kümmern. Ich will wissen, was er in den letzten 24 Stunden seines Lebens getan hat und weshalb.«

»Geht klar.« Delano stand auf, Collister folgte ihm aus dem Büro.

Parks lehnte sich in seinem Stuhl zurück. Er schloss kurz die Augen und drehte seinen Kopf von links nach rechts und zurück, bis es in seinem Nacken knackte.

»Besser?«, wollte Bradford wissen.

»Besser!«, gab er zur Antwort und richtete sich auf. »Und wir gehen fischen.« Er stand auf.

»Ist es nicht ein bisschen früh für ein mediterranes Frühstück?«

»Nicht mit einem alten Bekannten.« Er beugte sich vor und nahm die Telefonliste an sich. Dann stand er auf.

»Der Fisch ist noch im Wasser. Aber nicht mehr lange, wenn ich meiner Intuition vertrauen kann.«

»Glaubst du, Billy ist in Gefahr?«

»Veni, vidi, violini.«

Er hielt ihr die Tür auf.

»Heißt das nicht Veni, vidi, vici?«

»In diesem Fall nicht. Was Haaland angeht, denke ich eher an: Ich kam, sah und vergeigte.«

Kaptiel 5

Zwei Stunden später verließen sie in einem schwarzen SUV den unterirdischen Parkplatz an der Park Row in Manhattan, dem Hauptquartier des NYPD. Bradford war aus allen Wolken gefallen und hatte Mühe, die neuen Erkenntnisse im Fall Harris mit dem Billy in Verbindung zu bringen, den sie gekannt hatte. Vor dem Unfall, der ihr ganzes Leben auf den Kopf stellen sollte, hatte sie nicht wirklich viel Kontakt mit Jeremys Bruder gehabt. Seine ganze Verwandtschaft schien nicht viel vom amerikanischen Familienbild zu halten. Und trotzdem. Jeremy hatte eine Karriere in der Polizei angestrebt. Sein Bruder, nach abgebrochener Ausbildung, eine in der Army.

»Ich kann es nicht glauben.«

Parks sah sie von der Seite an.

»Manchmal täuscht man sich eben. Und gerade in denjenigen, die einem am nächsten stehen. Du hast nichts von seiner Vergangenheit in der Army gewusst?«

»Ich habe seit Jahren keinen Kontakt mehr zur Familie.« Sie biss sich auf die Unterlippe, und Parks richtete seine Aufmerksamkeit wieder auf den Verkehr vor ihm.

»Um ehrlich zu sein, seit Jeremys Tod.«

»Wie lange ist das nun her?«

»Bald sechs Jahre.«

»Und du wolltest nie mehr wissen?«

»Sie haben es mir verboten.«

»Familie ... Ein heikles Thema.«

»Nicht die Familie ...«

Parks schwieg. »Es ist ganz normal, dass man in solchen Situationen eine Untersuchung durchführt. Der Tod eines Polizisten wird immer untersucht.«

»Es war ein Unfall ...«

»Ich weiß.«

»Du weißt gar nichts.«

»Und du hattest keine Ahnung, was Haaland anging.«

Bradford gab ihm nur missmutig recht. Billy Haaland war nicht mehr Mitglied der US Army. Er quittierte den Dienst 2012. Was er seither gemacht hatte, konnten sie in der kurzen Zeit nicht ausfindig machen. Parks hatte jemanden darauf angesetzt, um eben das herauszufinden.

»Wir haben einen Toten, Harris, der gemäß den ersten Schlussfolgerungen bewusst eliminiert worden ist. Der Killer kennt sich im Umgang mit Schusswaffen aus und verfolgt einen bestimmten Plan. Harris war die Nummer eins.«

»Billy ist unschuldig. Er hat Harris nicht getötet.«

»Wieso bist du dir da so sicher? Haaland war in Libyen zu der Zeit, als Harris' Bruder dort war. Die beiden konnten sich gekannt haben.«

»Erklärt immer noch nicht, warum er Harris nach all den Jahren umbringen sollte.«

»Du bist von seiner Unschuld überzeugt, nicht wahr?«

»Billy ist ein guter Mensch.«

»Weil Jeremy ein guter Mensch war?«

Bradford antwortete nicht. Ihr Verstand wollte ihm nicht recht geben. Sie sah Haaland noch einmal vor sich. Er hatte fast schüchtern gewirkt. Etwas verloren in seinen blauen Jeans, dem Sexpistols-T-Shirt und den weißen Turnschuhen. So sah kein kaltblütiger Mörder aus. Aber konnte man das jemandem wirklich ansehen?

Parks lenkte den SUV in Richtung Lower Manhattan. Billy Haaland hatte sich in einem billigen Motel eingemietet und das Zimmer 48 Stunden zuvor mit seiner Kreditkarte bezahlt. Vier Nächte insgesamt. Die einzige Spur, die sie hatten. Und die letzte erfasste Buchung. Entweder hatte er genügend Bargeld bei sich, oder ... Bradford weigerte sich, den Gedanken zu Ende zu denken. Am Telefon hatte der Mann an der Auskunft ihnen nicht sagen können, ob

Haaland sein Zimmer benutzt hatte oder nicht.

»Überlegen wir mal kurz. Harris war nicht um halb vier Uhr morgens darauf gekommen, mal einen Spaziergang im Financial District zu machen, weil er nicht einschlafen konnte.«

»Er hat sich mit jemandem getroffen.«

»Die Frage ist, mit wem und weshalb. Etwa eine halbe Stunde vor seinem Tod hat er versucht, Haaland telefonisch zu erreichen. Der hat den Anruf nicht angenommen. Was wollte Harris von Haaland? War es Haaland, den Harris an der Water Street treffen wollte?«

»Vielleicht brauchte er auch einfach Hilfe?«

Parks ging nicht darauf ein.

»Harris besaß etwas, das mehr wert war als sein Geld, mehr als sein Leben.«

Parks' Handy klingelte über die eingebaute Anlage. Mit einem Knopfdruck am Steuerrad nahm er ab.

»Parks.«

»Hallöchen, ihr zwei.« Der Stimme nach musste Collister am anderen Ende der Leitung grinsen.

»Spar dir deine Kommentare für später«, fuhr ihn Parks an.

»Wollte nur mal nett sein. Wir haben Neues zum Handy. Um genauer zu sein, haben wir eine gute und eine schlechte Nachricht.«

»Lass hören.«

»Also, da geht definitiv niemand mehr ran, aber wir haben das Handy geortet.«

»Ist das die schlechte Nachricht oder die gute?«

»Nein, das war nur die gute …«

»Und was ist dann die schlechte?«

»Das Handy befindet sich offenbar auf einem Frachtschiff der ACL.«

»Wir sind bereits auf dem Weg nach Downtown und können einen Abstecher zum Frachthafen machen.«

»Das wird euch nicht viel bringen.«

»Wieso nicht?«

»Das Frachtschiff hat vor dreißig Minuten Bayonne in New Jersey verlassen und steuert auf direktem Weg das offene Meer an …«

Kapitel 6

Parks ließ die Sirene aufheulen und drückte aufs Gas.

»Wir sind unterwegs.«

»Eines der Boote der NYPD Harbor Unit wartet auf euch am Pier 15, East River Esplanade.«

»Der wird uns nicht entwischen.«

»Es sei denn, er kann gut schwimmen.«

»Wieso hat er ein Schiff gewählt, um die Stadt zu verlassen? Ist das nicht etwas langsam?« Bradford sah Parks irritiert an.

»Er muss gedacht haben, wir überwachen alle Flughäfen.«

»Aber ein Cargo?«

»Warum nicht?«

»Und dann noch mit seinem Handy?«

»Vielleicht braucht er es noch.«

»Klingt irgendwie nach einem schlechten Szenario.«

»Ich lass euch mal unter euch«, klang es aus den Lautsprechern.

»Danke, Collie. Wir sind fast da.«

»Geht klar.« Das Gespräch wurde unterbrochen, und Parks legte noch einen Gang zu.

»Das ergibt keinen Sinn.«

»Für wen?«

»Er geht nicht ans Telefon, nimmt es aber mit?«

»Vielleicht antwortet er nur auf bestimmte Anrufe.«

»Wieso hat er mir dann die Nummer gegeben?«

»Vielleicht bereut er es ja bereits.«

»Sehr witzig.«

»Hast du schon einmal daran gedacht, dass er vielleicht gar nicht antworten kann?«

»Du meinst ...?« Bradford schwieg.

Parks konzentrierte sich auf den Verkehr. Durch die Sirene und das Blaulicht kamen sie gut voran. Für Parks aber trotzdem nicht schnell genug. Autos verlangsamten und machten ihnen Platz.

»Nehmen wir einmal an, Haaland hat den Mörder von Harris gesehen.«

»Du meinst, sie entsorgen ihn via Cargo?«

»Ich meine nichts. Ich versuche, die Einzelteile in ein zusammenhängendes Gesamtbild zu bringen, das ich logisch erklären kann. Harris wollte Haaland treffen. Haaland kam zu spät und der Mörder zu früh.«

»Wie konnte der Mörder wissen, wo Haaland auf Harris treffen würde? Und weshalb kam Haaland hierher?«

»Vielleicht schuldete er Harris noch einen Gefallen aus den alten Zeiten.«

»Das ist sieben Jahre her.«

»Einmal ein G.I., immer ein G.I.! Ehre ist dicker als Blut. Was auch immer.«

Unterdessen hatten sie den FDR Drive erreicht. Parks steuerte direkt auf den Harbor Patrol Sergeant zu, der am Ableger auf sie wartete, und parkte den Wagen direkt am Steg.

Während sie zum bereitgestellten Patrouillenboot liefen, stellte sich der Mann als Kevin Keenan vor.

»Wir haben den Kapitän des Frachters bereits informiert. Er hat seine Geschwindigkeit gedrosselt. Wir werden ihn ganz bestimmt einholen, bevor er in den internationalen Gewässern ist.«

»Gut gemacht, Sergeant.«

Und dann waren sie an Bord. Auf der anderen Seite des East River ragte die Skyline von Brooklyn Heights auf. Kapitän Joe Tompkin begrüßte sie kurz, während Keenan das Boot losmachte. Er gab über Funk den Code drei durch, schaltete Sirene und Blaulicht ein, bevor er zwischen dem Governors Island und der Freiheitsstatue hindurch dem Frachter hinterherjagte. Das Schnellboot schien über dem Wasser zu schweben, traf immer wieder auf höhere Wellenberge und musste dabei kleine und größere Schläge einstecken. Das ständige Auf und Ab schüttelte das Boot kräftig durch, der Fahrtwind biss sich in den

Gesichtern fest. Parks musste die Augen leicht schließen, um zu Bradford hinüberzublicken. Ihr Gesicht war eine Maske vor der Skyline von Greenville und dann Bayonne. Es war zu laut, um miteinander sprechen zu können. Sie bemerkte sein Interesse und sah zurück. Ihre Augen sprachen mehr, als es Worte hätten tun können. Enttäuschung, Ungeduld und eine Form der Entschlossenheit sprachen aus ihnen, die Parks ganz gut verstehen konnte. Fanden sie Haaland, würde er auf ihn achtgeben müssen.

Das Schnellboot schiffte sich aus der Upper Bay zwischen Staten Island und Fort Hamilton an Schleppern, großen und größeren Schiffen, aber auch kleineren Privatjachten vorbei. Parks war erstaunt, wie viel Verkehr hier herrschte. Und dann öffnete sich das Meer vor ihnen, als sie die New Jersey Bight erreichten. Der Horizont schien mit einem Male unendlich groß zu werden. Tompkin deutete mit der Hand nach vorn. Parks nickte und stellte sich neben Keenan, der ihm einen Feldstecher reichte. Er glich die Schärfe an und sah zum ersten Mal die Atlantic Star. Der 296 Meter lange Riese mit dem typischen blauen Unterleib und dem weißen Oberteil fuhr unter britischer Flagge. Parks konnte das ALC-Logo gut ausmachen. Sie würden sich dem Frachter auf Backbord nähern, also von der linken Seite her. Der Besitzer des Schiffes, die Cruise People Ltd., hatte erst im letzten Jahr einen neuen Fracht-Passagier-Service ins Leben gerufen, der es Menschen ermöglichte, auch per Schiff von Nordamerika nach Europa zu gelangen.

Parks gab den Feldstecher zurück und näherte sich dem Kapitän.

»Wissen sie, weshalb wir kommen?«, schrie er gegen das Getöse um sie herum. Tompkin sah ihn kurz an, schüttelte aber dann stumm den Kopf.

»Es kann sein, dass sie wissen, dass wir wegen einem der Passagiere kommen. Ich habe es aber vorgezogen, nichts zu sagen.«

Sofern Haaland unter den gemeldeten Passagieren war. Parks sprach es aber nicht aus.

Minuten später drosselte Tompkins die Geschwindigkeit des Bootes und näherte sich langsam der Seite der Atlantic Star. Parks konnte bereits Schaulustige auf dem Deck ausmachen. Hoffentlich war Haaland nicht darunter. Es würde Tage dauern, das ganze Schiff zu durchsuchen. Der erste Offizier wartete geduldig, bis sie an Bord waren, und führte sie direkt auf die Kommandobrücke zum Kapitän. Der Mann war in seinen Fünfzigern und sah Patrick Stewart so ähnlich, dass Parks zweimal hinschauen musste, um sich zu vergewissern, dass er nicht plötzlich auf der Kommandobrücke der Enterprise gelandet war. Der Mann nahm es belustigt zur Kenntnis.

»Sie nennen mich manchmal Picard, obwohl ich eigentlich Xavier bevorzugen würde«, begann er lachend. »Was gibt mir die Ehre, das NYPD an Bord willkommen zu heißen?«

»Ich bin John Parks, und das ist Avery Bradford. Wir sind in einer Mordermittlung unterwegs.«

»Mord?«

Der Kapitän hob eine Augenbraue.

»Wir sind auf der Suche nach einer bestimmten Person«, übernahm Bradford das Gespräch, während sie ihr Handy hervorholte. »Haben Sie diesen Mann schon einmal gesehen?« Sie zeigte ihm ein Bild von Haaland. Picard Xavier sah kurz darauf und schüttelte den Kopf. »Nie gesehen. Und der soll an Bord sein?«, fragte er zweifelnd.

»Wer kümmert sich um die Passagiere?«

»Shiley.«

»Können wir sie sprechen?«

»Natürlich. Mein erster Offizier wird Sie begleiten. Was gibt Ihnen denn die Gewissheit, dass der Mann sich auf meinem Schiff befinden könnte?«

»Wir haben sein Handy geortet.«

»Sein Handy? Wieso würde jemand ein Schiff wählen, um New York zu verlassen? Ist das nicht etwas langsam?«

»Das habe ich ihm auch schon gesagt.« Bradford und sah Parks herausfordernd an.

»Vielleicht hatte er ja gar keine Wahl.«

Die Quartiermeisterin, die auf den Vornamen Shiley hörte, hatte Haaland auch nicht gesehen. In den sechs zur Verfügung stehenden Doppelkabinen befanden sich nur drei angemeldete Personen, und keine von ihnen war Haaland. Parks benutzte sein Handy, um sich mit Collister kurzzuschließen. Er schickte ihn zurück in die Abteilung, die das Handy geortet hatte.

»Könnt ihr mir genauer sagen, wo es sich befindet?«

»Immer doch, gern.«

»Ich hab keine Geduld, Collie. Uns läuft langsam die Zeit davon. Wenn der Frachter erst mal aus den Gewässern der USA raus ist, haben wir ein Problem.«

»Schon gut, schon gut. Die Kollegin ist dran.«

60

Einige Momente war Ruhe, dann meldete sich Collister wieder. »Das Handy muss sich im vorderen Drittel des Schiffes befinden. Es hat sich seit dem Ablegen nicht bewegt.«

»Das ist keine gute Nachricht«, flüsterte Bradford. Parks ging nicht darauf ein.

»Danke, Collie.« Er drehte sich zum ersten Offizier um. »Was befindet sich im vorderen Drittel des Bootes?«

»Leere Container.«

»Könnte sich jemand dort verstecken?«

Der Offizier blickte von Parks zu Bradford und zurück. Ihm schien die Idee eines blinden Passagiers nicht wirklich zu passen.

»Ich weiß nicht. Könnte sein. Ich meine ...«

»Können Sie uns Zugang zum vorderen Teil verschaffen?«

»Das ist nicht möglich. Es gibt keine Möglichkeit, von hier nach vorn zu kommen.«

Parks blickte Bradford an.

»Dann sehe ich nur eine Möglichkeit, und die wird dem Kapitän nicht sonderlich gefallen.«

Kapitel 7

Das Handy fanden sie auf dem Boden des Frachtschiffes. Ohne Haaland. Parks wusste nicht, ob das gut oder schlecht war. Er war mit seiner Geduld definitiv am Ende. Sie hatten den Kapitän dazu bewogen, umzudrehen. Kein einfaches Unternehmen mit einem Schiff, das elf Meter Tiefgang hat und fast 100 Tonnen schwer ist. Doch Xavier Picard machte gute Miene zum bösen Spiel. Was Parks Vorgesetzter Cameron Williams von dieser Entscheidung hielt, würde er sicherlich bald schon zu spüren bekommen.

Das eigentliche Problem war vielmehr, dass sie wieder ganz am Anfang standen. Mit der zusätzlichen Frage, wie das Handy denn auf dem Frachter gelandet war. Und von Haaland fehlte weiterhin jede Spur. Parks blickte auf den großen Kran, der einen Container nach dem anderen wieder verlud.

Sie mussten etwas übersehen haben.

Es war an der Zeit für ein kleines Update. Und so fuhren sie zurück ins Büro.

Collister war der Letzte, der eintraf.

»Autsch ...«, sagte er nur und warf eine Tüte mit Zuckerwaren auf seinen Schreibtisch. »Wie lange ist Parks schon da drin?«

Delano blickte kurz zum Büro des COD (Chief of Department) hinüber. »Länger als üblich auf alle Fälle.«

»Und er hat tatsächlich den Frachter umkehren lassen?«

Delano nickte. »Und ohne vorher eine Genehmigung einzuholen.«

»Autsch«, wiederholte Collister, entnahm der Tüte etwas Rotes und warf diese dann seinem Kollegen auf den Tisch. Der warf sie zurück.

»Auf Diät?«, witzelte Collister und grinste.

»Keine Lust.«

»Sagt man das so heutzutage?«

»Hast du was herausgefunden?«, mischte sich Bradford ein. Collister schluckte.

»Wir haben versucht, anhand der Bewegungen des Handys herauszufinden, woher Harris kam.«

»Irgendetwas damit erreicht?«

»Wir wissen nun, dass er die U-Bahn benutzt hat. Er verließ sie an der Whitehall Street. Es scheint aber so, als hätte er das Handy erst dann eingeschaltet. Vermutlich, um Haaland zu erreichen. Die Kollegen sind nun an den Kameras in der U-Bahn dran. Irgendwo muss er zu sehen sein.«

»Ist das alles, was du in der Zeit herausfinden konntest?« Delano blickte ihn mit aufrichtigem Mitleid an.

»Hast du vielleicht etwas Besseres?«

»Nun ja ... Während sich andere Ausflüge in Geschäfte für Süßigkeiten gönnen ... Weißt du eigentlich, was du dir mit all dem Zucker antust?«

Collister grinste frech. »Etwas Gutes?«

Delano schüttelte nur den Kopf.

»Sag nur, du machst dir Sorgen um mich.«

»Vergiss es … Also … Ich war im Saddles. Mir wurde bestätigt, dass Rodriguez dort um etwa elf Uhr abends allein gesehen wurde. Auf den Aufnahmen der Sicherheitskameras am Eingang ist er deutlich zu erkennen. Auch kurz vor Ende des Abends kann man ihn im Hintergrund eines Partyfotos erkennen. Allerdings wusste niemand so recht, wann er den Laden wieder verließ und ob er allein gegangen ist.«

»Wann wurde das Foto gemacht?«

»Laut Zeitstempel um halb vier.«

»Das hätte ihm mehr als genügend Zeit gelassen.«

»War er nicht auf den Kameras beim Verlassen des Clubs?«, hinterfragte Collister die Sache.

»Eigenartigerweise nicht. Die Kameras am Eingang waren ab drei Uhr ausgeschaltet, da auch keine Türsteher mehr da sind. Wer bis dann nicht im Club ist, bleibt draußen.«

Delano blickte auf, als die Tür zu Williams Büro aufging. Parks kam rückwärts heraus, bedankte sich. Als er sich umdrehte, zog er eine Miene, als hätte er in eine Zitrone gebissen. Collister kratzte sich am Kopf.

»Autsch«, sagte er leise. Delano kümmerte sich plötzlich um seinen Computerbildschirm. Dicke Luft im Anmarsch. Man konnte den Ärger förmlich riechen.

»Collie, gib einen Suchbefehl für Haaland heraus.«

»Wird gemacht.«

Parks ließ sich auf seinen Stuhl fallen und seufzte. Während einer Minute starrte er einfach aus dem Fenster. Als er sich urplötzlich Bradford zuwandte, zuckte Delano unwillkürlich zusammen.

»Was hat es denn nun mit dieser Waffe auf sich?«

»Was für eine Waffe?« Delano sah hoch. »Wieso sagt uns hier nie jemand etwas.«

»Formular 753.26.10.256.« Parks sah ihn nicht einmal an.

»Ich will keine Beschwerde einreichen«, maulte er.

»Dann hör jetzt zu.« Parks sah wieder Bradford an. Ihre Mundwinkel zuckten, aber sie grinste nicht. Für einen Augenblick entspannten sich Parks Gesichtszüge. Sie verstand ihn.

»Unsere Spurensuche hat tatsächlich eine Waffe gefunden. In einem Container, einige hundert Meter in Richtung Flussufer.«

»Nicht möglich. Da erschießt jemand Harris aus nächster Nähe, macht sich die Mühe, ihn in eine Tonne zu heben, schreibt ihn fein säuberlich an und wirft die Tatwaffe einfach so weg?«

»Es kommt noch besser. Unsere Kollegen haben am Kolben Fingerabdrücke abnehmen können.«

Diesmal war es Collister, der seinen Mund nicht zubekam. »Wie bescheuert ist das denn?«

»Was ist es für eine Waffe?«, wollte Parks wissen. Bradford sah in ihren Unterlagen nach. »Eine Glock 17/9.«

»Könnte also die Tatwaffe sein. Irgendetwas Spezielles?«

»Die Kollegen sind am Recherchieren, wer sie wo gekauft hatte.«

»Was ist mit den Fingerabdrücken?«, fragte Delano.

»Schön, dass du mir zuhörst. Wir haben effektiv einen Treffer.«

»Das glaub ich ja nicht!« Collister lachte auf.

»Es handelt sich um Clive Russel, 46-jährig, wohnhaft an der Upper East Side, nur eine Viertelstunde vom Tatort entfernt.«

»Wie blöd muss man denn da sein. Schnappen wir uns den Mann.«

»Das erklärt aber nicht, warum Haaland verschwunden ist ...«, hielt Delano entgegen.

»Das erklärt effektiv noch überhaupt nichts«, fuhr Bradford unbeirrt fort, »Russel ist nämlich kein unbekanntes Gesicht.«

»Lass mich raten: Vorstrafen, Vorstrafen, Vorstrafen ...«

Bradford grinste. »Ich würde das nicht so sagen ...«

»Was denn?« Parks verlor langsam die Geduld.

»Clive Russel war erster Leutnant in der Army.«

»Army? Und jetzt sagst du uns sicher, dass er auch in Libyen war, wie Harris' Bruder und Haaland.«

»Nun ja, um genauer zu sein, er war ihr direkter Vorgesetzter ...«

Kapitel 8

»Kannst du mir das mal schnell bestätigen? Wir haben einen Toten. Die Waffe wird von einem ehemaligen Offizier der Army mit Fingerabdrücken einfach so in der Nähe des Tatorts entsorgt. Ist das eine Kampfansage?«

Parks blickte nicht vom Verkehr auf. Auf den ersten Blick schien ihn die ganze Sache kalt zu lassen, hätte er nicht das Radio eingeschaltet, als sie losfuhren. Bradford kannte ihn nun gut genug, um zu wissen, dass er Stille nicht wirklich ertrug, wenn er intensiv nachdachte.

»Es ergibt auf den ersten Blick tatsächlich keinen Sinn. Oder zumindest keinen direkten. Harris' Bruder wurde in Libyen getötet. Russel war für die Gruppe damals verantwortlich gewesen. Eigentlich eine einfache Sache. Harris taucht auf, Russel beseitigt ihn. Ende der Geschichte. Die Frage ist, warum?«

»Was hatte dann Haaland hier zu suchen? Wie kam Harris zur Telefonnummer von Haaland? Warum hinterlässt ein Berufssoldat nicht nur die Waffe, sondern auch gleich seine Fingerabdrücke? Hört sich ganz danach an, als würde jemand versuchen, ihm etwas in die Schuhe zu schieben.«

Parks erwiderte nichts darauf.

»Oder er hat nichts zu fürchten. Was wissen wir über den Mann?«

»Ich habe nicht mehr Informationen als du. Er hat die Army kurz nach dem Libyeneinsatz verlassen. Wie viele andere auch, hat er einige Zeit die Sonne Mexikos genossen, bevor er 2014 wieder nach New York zurückkehrte.«

»Weiß man, warum?«

»Das werden wir bald wissen.«

Das eher schlichte, aber gepflegte 13-stöckige Apartmentgebäude an der East 63rd Street lag in der Nähe der Rockefeller

University und des Krankenhauskorridors entlang der York Avenue.

»Ruhige Gegend«, kommentierte Parks lakonisch, als sie schließlich auf das rote Backsteingebäude zugingen. Die Nummer 405 empfing sie mit einem grünen Baldachin, der selbst den Bürgersteig vor eventuellem Regen schützte, und einem hageren Türsteher, dessen Haut diese Farbe übernommen hatte. Er trug einen zu großen Anzug mit bunter Krawatte, und obschon seine grauhaarige Erscheinung aus einer anderen Zeit zu kommen schien, waren seine Augen flink und wach. Ein Mann, der sich in New York auskannte. Als er ihnen entgegenlächelte, blitzte ein goldener Zahn auf.

»Wie darf ich Ihnen behilflich sein?«, fragte er und verneigte sich etwas altmodisch.

»Mein Name ist Parks, NYPD, und das ist Detective Avery Bradford. Wir möchten mit Clive Russel sprechen. Welche Wohnung hat er denn?«

»12CE. Ich werde ihn über Ihren Besuch informieren.«

»Das ist nicht nötig.«

»Es gehört zu meiner Arbeit hier.«

»Dann machen Sie jetzt mal eine kleine Pause.«

Der Mann sah Parks verwirrt an.

»Wer sind Sie noch einmal?«, fragte er argwöhnisch.

»NYPD.« Parks zückte seine Marke und hielt sie dem Mann direkt unter die Nase. Der trat einen Schritt zurück, fokussierte seinen Blick auf das Stück Metall, nickte dann.

»Wie Sie wünschen. Befindet sich Mr Russel in Schwierigkeiten?«

»Kennen Sie ihn?«, fragte Bradford.

»Nun ja, er wohnte bereits in 12CE, als ich hier anfing.« Er zuckte mit den Schultern, als ginge ihn das Ganze eigentlich gar nichts an.

»Das beantwortet meine Frage nicht. Kennen Sie ihn?«

»Wie man jemanden wie ihn eben kennen kann.«

»Was meinen Sie damit?«

»Er verlässt selten seine Wohnung. Oft schickt er Jane oder mich, um Besorgungen zu tätigen.«

»Jane?«

»Jane Petersen ist seine Haushälterin.«

»Verließ er am Freitagabend oder in der Nacht auf Samstag das Gebäude?«

Der Mann sah Parks eingehend an, runzelte die Stirn.

»Nicht dass ich wüsste. Wie gesagt, er verlässt selten seine Wohnung.«

»Danke.« Parks ging auf die Aufzüge zu.

»Meinst du, er wird sich an deine Anweisungen halten?«, wisperte Bradford.

»Auf keinen Fall. Sobald wir im Aufzug sind, wird er zum Hörer greifen. Er ist einer von hier.«

Bradford sah ihren Gedanken bestätigt.

»Russel hat eine Haushälterin?«, wechselte sie das Thema.

»Wenn man sich in so einem Gebäude eine Wohnung leisten kann, hat man Geld.«

»Woher bezieht er das Geld?«

»Ich habe keine Ahnung. Aber wir werden es herausfinden.«

Als sich im 12. Stock die Aufzugtüren öffneten, wären sie beinahe mit einem jungen Mann in Uniform zusammengestoßen. Bradford las den Namen Adam Parker auf der Brust des Mannes, der sich mit einem schüchternen Lächeln entschuldigte, bevor er den Knopf für das Erdgeschoss drückte.

»Sie müssen die Herrschaften vom NYPD sein.« Die kühle Stimme gehörte einer großgewachsenen Frau mit maskulinen Gesichtszügen. Sie trug ihre braunen Haare in einem Pferdeschwanz, was ihre Wangenknochen noch hervorhob. Sie mochte vielleicht anfang fünfzig sein. Bradford blickte verwirrt von ihr zur Aufzugstür und zurück.

»Wer war das?«

Sie lächelte, und zum ersten Mal konnte Bradford einen Hauch von Weiblichkeit ausmachen.

»Ach, das war Adam, mein Bruder. Er kam, um sich zu verabschieden. Er wird in zwei Tagen wieder auf Mission sein.«

»Ich hoffe, wir haben ihn nicht verscheucht«, sagte Parks lakonisch.

»Er wollte sowieso gerade gehen.«

Parks nickte.

»Sie sind Jane?«, fragte er.

»Jane Petersen, ja. Ich kümmere mich um Clive Russel. Er wartet schon auf Sie.«

Bradford warf Parks einen Blick zu. Petersen machte einen Schritt zur Seite, und Bradford konnte sehen, dass sie trotz ihres eher maskulinen Auftretens durchaus auch weibliche Attribute besaß. Das schien auch Parks nicht entgangen zu sein. Anstatt ihnen Zugang zur Wohnung zu gewähren, schloss sie diese ab.

»Hier entlang.«

Sie führte Bradford und Parks über einen Flur zu einem weiteren Lift, der sie in den obersten Stock brachte. Dann öffnete Petersen die Tür zu einer Dachterrasse. Der Ausblick verschlug Bradford die Sprache. Von hier aus schien der Himmel direkt aus den Wolkenkratzern von Long Island herauszuwachsen. Kleine weiße Wolken hinter den roten Backsteintürmen und den metallenen Glasriesen. Als würde sie plötzlich auf ein überdimensionales Poster starren.

Die für das Gebäude typischen roten Backsteine bildeten auch hier die Mauer, die die Terrasse von der dreizehn Stockwerke tiefer liegenden Straße isolierte. Pflanzen in weißen Kübeln gaben dem Ort ein Gefühl von Ferien inmitten der Stadt. Der Lärm der Straßen war nur bedingt wahrnehmbar und gab dem Bereich genau den Hauch von Entspannung, der in der Stadt allzu oft vermisst wurde. Eine leichte Brise wehte über das Dach und erinnerte Bradford daran, dass sie nur einen Katzensprung vom East River entfernt waren.

Drei metallene Tische mit Stühlen auf der einen Seite begleiteten die Aussicht, mehrere Liegestühle mit kleinen runden Beistelltischen waren auf der anderen Seite platziert.

Auf einer der Liegen befand sich Russel.

Sein massiver Oberkörper und Kopf wurde durch zahlreiche Kissen gestützt, eine Decke lag auf seinen Beinen. Rechter Hand befand sich ein kleines Tischchen mit Getränken und Zeitschriften. Auch wenn er schon lange Zeit nicht mehr zur Army gehörte, hatte er den typischen Haarschnitt beibehalten und schien auch sonst in Form zu sein. Sein T-Shirt ließ da keinen Zweifel aufkommen. Er blickte nicht einmal hinüber, als die Detectives den Rooftop betraten.

»Clive, das NYPD.«

Auch er schien schon über den Besuch informiert worden zu sein.

»Danke, Jane. Lass uns bitte allein.«

Petersen blickte kurz von ihm zu Bradford und Parks, zog sich aber dann zurück.

»Clive Russel?«

Er lächelte desinteressiert. Es gibt nichts Traurigeres als einen Mann, der sich langweilt.

»Was kann ich für Sie tun?«

Zum ersten Mal nahm er sich die Mühe und blickte von seiner Zeitschrift auf. Die hellen Augen erinnerten Bradford an tiefe Eisschluchten in Norwegen. Nicht un-attraktiv, aber zu kalt für ihr Empfinden.

»Wir haben ein paar Fragen betreffend den Mord an Jordan Harris.«

»Jordan wer?«

»Harris.«

»Nie gehört.« Er blätterte weiter in seinem Magazin. Entweder hatte er Nerven aus Stahl oder ein Alibi aus Eisen.

»Vielleicht kann ich Ihnen auf die Sprünge helfen. 2012, Libyen. Eine Mission, die schiefgeht. Luther Harris?«

Russel hielt einen kurzen Moment inne, dann blätterte er weiter.

»Tragisch. Aber da war nichts zu machen. Harris hat Panik bekommen und meine

Befehle ignoriert. Hat sein eigenes Ding drehen wollen. Kontakt ist abgebrochen. Und dann ging es um uns oder ihn.«

Er sagte das, als läse er die Wetterprognose für die südliche Antarktis vor.

»Sie hatten die Verantwortung für ihn.«

»Was wollen Sie?« Seine Stimme bekam einen etwas gereizten Unterton.

»Kannten Sie den Bruder des Vermissten, Jordan Harris?« Bradford sah ihn an.

»Der Tote war sein Bruder?«

Bradford nickte. Russel schwieg.

»Das ist New York. Für manche der Beginn eines neuen Lebens, für andere 783 Quadratkilometer voller Möglichkeiten, um zu sterben.«

Kapitel 9

Parks verlor langsam die Geduld.

»Hatten Sie in letzter Zeit Kontakt zu Jordan Harris?«

Russel blickte auf. »Nein, hatte ich nicht. Ich wusste nicht einmal, dass Luther einen Bruder hatte.«

»Das ist eine glatte Lüge.«

»Und wenn schon?«

»Wo waren Sie in der Nacht von Freitag auf Samstag?«, mischte sich Bradford wieder ein.

Er blickte sie einen Moment amüsiert an.

»Ich war hier. Mit Jane.«

»Sie haben das Gebäude nicht verlassen?«

»Ich verlasse selten meine Wohnung.«

»Sagt Ihnen Billy Haaland etwas?«

Russel musterte Parks interessiert.

»Warum wollen Sie das wissen?«

»Er wird vermisst.«

»Vermisst?«

»Wir haben eine Fahndung nach ihm herausgegeben.«

»Weswegen?«

»Harris hat versucht, ihn kurz vor seinem Tod zu kontaktieren. Er könnte der Nächste auf der Liste sein.« Parks blickte sich gelassen um, ließ seinen Blick über die Gebäude gleiten und weidete sich sichtlich an Russels plötzlichem Innehalten.

»Auf der Liste? Sie meinen ...«

Es arbeitete fieberhaft in seinem Kopf.

»Mr Russel, hatten Sie kürzlich Kontakt zu Haaland?«, fragte Bradford.

Er schüttelte den Kopf, warf das Magazin auf das Tischchen neben sich.

»Wieso sollte ich?«

»Weil wir ihn gesprochen haben, bevor er verschwand.«

Russel zeigte keine Reaktion.

»Besitzen Sie eine Schusswaffe?«, wechselte Parks das Thema.

Russel blickte ihn eindringlich an. Schließlich senkte er den Blick.

»Sie glauben doch nicht allen Ernstes, dass ich Harris ermordet habe, oder?«

»Wieso nicht?«

Er lachte auf.

»Mr Russel, wir haben eine Waffe am Tatort gefunden, durch die Jordan Harris sehr wahrscheinlich ums Leben kam. Und wir haben Fingerabdrücke sicherstellen können.«

»Na, dann haben Sie ja auch Ihren Täter.«

»Es sind Ihre.«

Zum ersten Mal hatten Bradford und Parks seine volle Aufmerksamkeit. Er wurde bleich.

»Das ist nicht möglich.«

»Dann erklären Sie uns doch einmal, warum nicht.«

Er blickte von einer zum anderen, als versuchte er, herauszufinden, ob sie es ernst meinten. Dann zog er mit einem Ruck die Decke von seinen Beinen. Er trug blaue Jogginghosen. Doch selbst darin war der Unterschied zwischen seinem muskulösen

Oberkörper und seinen dürren Beinen klar zu erkennen.

»Reicht das als Erklärung?«

Er wirkte wütend und empört zugleich. Sein Gesicht bekam einen erregten Ausdruck, seine Augen glühten. Als hätte sie seine Gefühle erahnt, erschien Petersen wie aus dem Nichts und begann, die Kissen neu zu ordnen. Das schien ihn wieder zu beruhigen. Das Blut in seiner Halsschlagader pulsierte weiter unter der Haut.

»Sind Sie deshalb nach New York zurückgekehrt?«, fragte Bradford sanft. Er sah sie lange an, blickte dann weg.

»Die Klippen von Mexiko sind außerordentlich attraktiv«, sagte er bitter. »Ich habe Haiti überstanden, Somalia überlebt und bin heil aus Libyen zurückgekehrt, um dann an den Klippen von Mexiko zu scheitern.«

»Was ist passiert?«

Petersen hob die Decke hoch und breitete sie wieder auf seinen Beinen aus, als wolle sie sie verstecken.

Er verzog das Gesicht zu einer Grimasse. Seine Oberarmmuskeln spannten sich an. Bradford sah, wie sein Kiefer sich verkrampfte. Russel wurde nervös, schluckte schwer. Obschon das Geschehen schon lange Jahre zurücklag, schien er noch immer mit seinem Schicksal zu hadern.

»Es war ein Unfall«, sagte er schließlich leise. »Sommer 2013. Unbezahlbares Adrenalin. Sich wieder lebendig fühlen nach all der Wüste und dem Staub.« Er lachte bitter. »Ich bin auf dem Rücken gelandet. Sechs Monate haben Sie es versucht. Dann ein Hoffnungsschimmer. In New York ist alles möglich, nicht wahr?«

Er lächelte schwach, ließ sich in die Kissen zurücksinken.

Parks' Handy meldete sich. Er zog es aus der Tasche, drehte sich von ihnen weg und machte einige Schritte auf der Terrasse, um außer Hörweite zu gelangen.

»Dürfen wir Ihre Waffe sehen?«, fragte Bradford.

Russel ließ sich in die frisch zurecht-gemachten Kissen sinken.

»Jane wird es Ihnen ermöglichen.«

»Danke.« Sie sah zu Parks hinüber, der ihnen den Rücken zugekehrt hatte und immer wieder nickte.

»Wieso war Haaland nach New York gekommen?«, fragte Russel.

»Wir wissen es nicht. Er hat versucht, uns zu kontaktieren und ist seitdem spurlos verschwunden. Wir haben sein Handy auf einem Cargo der ALC gefunden. Von ihm fehlt jegliche Spur.«

»Auf einem Frachtschiff?«

Er schwieg.

»Und Harris wurde erschossen?«

»Letzte Nacht, in der Water Street.«

»Lower Manhattan?«

Russel schien zu überlegen.

»Und auf der Waffe waren meine Fingerabdrücke?«

Bradford nickte.

Sein Gesicht wirkte plötzlich müde und blass. Er schüttelte den Kopf. »Das ergibt keinen Sinn.«

Parks ging jetzt auf und ab, ein Zeichen dafür, dass er beunruhigt war.

»Wir haben Grund zur Annahme, dass der Mord mit dem zusammenhängen könnte, was damals in Libyen passiert ist. Haaland war einer der Gruppe. Luther Harris ebenfalls. Und Sie hatten das Kommando.«

»Alle Spuren führen zu mir.« Sein Blick verlor sich irgendwo in seiner Vergangenheit.

»Was genau ist in Libyen passiert?«

Parks nickte noch einmal, steckte sein Handy ein und schloss für einen Augenblick die Augen, das Gesicht dem Himmel zugewandt.

»Was wollen Sie wissen?«, fragte Russel, der Parks beobachtete, in den plötzlich Bewegung kam.

»Wir lassen Ihre Waffe von jemandem abholen. Sie haben sicher nichts dagegen, dass wir sie untersuchen.«

»Jane wird sich darum kümmern.«

»Haben Sie vielen Dank. Wir finden selbst hinaus.«

Bradford hatte Mühe, Parks zu folgen.

»Was ist denn los?«

»Wir haben Neues betreffend Haaland. Unsere Leute vor dem Blue Moon haben Bewegung in Haalands Zimmer ausgemacht.«

Kapitel 10

Bewegung war sichtlich untertrieben. Als sie vor dem kleinen Motel-Komplex eintrafen, hatten sich die Kollegen nicht gerührt. Parks hatte sie darum gebeten, auf sie zu warten. Das historische Blue Moon Hotel im Stadtbezirk Lower East Side begrüßte sie weniger als drei Häuserblocks von den U-Bahn-Stationen Delancy und Essex Street entfernt.

Das achtstöckige rote Gebäude mit dem charakteristischen 1900-Flair lehnte sich auf der linken Seite an ein Teppichwarenhaus, dessen graue Farbe das alte Gebäude warm erscheinen ließ.

Zwei große Schaufenster, auf denen in großen Buchstaben Coffee Shop zu lesen war, bewachten den in dunkles Holz gekleideten Haupteingang des Hotels, der aus zwei Türen bestand. Bradford und Parks gingen an den leeren Holztischen vorbei direkt zum Empfangstresen. Gelbe Wände mit grünen Zeichnungen, ein mobiler Bankautomat, ein Thekendisplay mit allerlei Werbungen. Das mahagoniartig wirkende Holz war auch hier überall zu sehen. Ein Strauß Rosen zierte den Schalter. Der Empfangsbereich war menschenleer. Linker Hand führte ein schmaler Durchgang zu den Zimmer-zugängen. Parks zog seine Dienstwaffe, als sie sich dem Raum näherten, dessen Fenster zur Orchard Street hinausging, wo die Kollegen vor dem Museum gegenüber warteten.

Die Tür zu Haalands Zimmer war aufge-brochen worden. Die Innendeko hatte jemand auf ganz persönliche Weise neu gestaltet. Das Zimmer war leer.

»Mist«, kommentierte Parks das Chaos und steckte seine Dienstwaffe wieder ein. Wütend kickte er eine Schublade auf dem Boden zur Seite. Das Holz zerbrach scheppernd an der Wand. Bradford war bereits dabei, ein Team der Spurensicherung zu organisieren. Parks stürmte an ihr vorbei aus dem Zimmer, nahm den Flur, dann die Treppen nach unten und stieß kurz darauf die Tür zu einem leeren Innenhof auf, dessen graue Fassaden ihn anstarrten. Weit und breit war kein Mensch zu sehen. Er machte einige Schritte von der Tür weg, drehte sich einmal um seine eigene Achse, ließ seinen Blick über die verschiedenen Gebäudezugänge und Bäume gleiten. Einer der Zugänge wurde geöffnet. Ein Mann asiatischen Ursprungs erschien. Er trug eine große und anscheinend schwere Kiste und erschrak, als er Parks da stehen sah. Hastig stellte er sie neben den Eingang und war Sekunden später wieder verschwunden.

Hinter Parks ging die Tür auf, und Bradford trat auf den Hof.

»Sie sind unterwegs.«

»Er kann ja gerade so gut den Haupteingang benutzt haben, um den Ort zu verlassen.«

»Du gehst davon aus, dass es nicht Haaland selbst gewesen ist?«

»Wieso sollte er sein Zimmer neu dekorieren? Da hat jemand etwas gesucht und nicht gefunden. Entweder Haaland ist noch am Leben, und jemand kam ihn hier suchen...«

»Oder?« Bradford hielt Parks die Tür zum Hintereingang des Hotels auf.

»Oder er ist tot.«

»Und er hatte nicht dabei, auf was sie es abgesehen hatten.«

Bradford folgte Parks die Treppe hinauf.

»Was hast du sonst noch, das ich vielleicht wissen sollte?«

Parks grinste. »Sie haben Harris zurück-verfolgen können. Er kam mit der R-Linie von Jay St-MetroTech.«

»Was wollte Harris in Brooklyn?«

»Er ist umgestiegen. Sie haben ihn auf den Kameraeinstellungen der F-Linie entdeckt.«

»Und wo ist er zugestiegen?«

»Das wissen wir noch nicht.«

Parks und Bradford gingen durch den Flur zurück in den Eingangsbereich.

»Liegt nicht auch die 63ste auf dieser Linie? Dort, wo Russel wohnt?«

»Genau. Und Delancey auch. Die Station befindet sich keine 200 Meter von hier entfernt.«

Parks stoppte an der großen Theke. Auf der schwarzen Wand dahinter war auf großen braungerahmten Platten die Getränkekarte aufgeführt. Auf dem Tresen pries man Hühnersuppe an. Er bestellte zwei Kaffee zum Mitnehmen und wählte eine Süßigkeit aus dem Glaskasten.

Mittlerweile hatten die beiden Kollegen vor dem Museum sie gesehen und die Straße überquert. Sie traten ein, als Parks der Bedienung einen Dollar-Schein reichte. Er nahm die Becher, stellte sie auf einen der kleinen Tische und setzte sich vorsichtig auf einen der zierlich wirkenden Holzstühle. Der Stuhl hielt dem Gewicht stand, und Parks biss in seinen Donut.

»Nichts?«, fragte einer der beiden Kollegen in Zivil.

Parks schüttelte den Kopf und spülte mit einem Schluck Kaffee nach. Bradford setzte sich zu ihm, nahm den Becher in ihre Hände. Die Wärme beruhigte, der Geruch regte ihren Geist wieder an.

»Er ist uns entwischt. Ihr habt nichts gesehen?«

Die beiden bildeten einen visuellen Gegensatz zueinander. Der eine war groß, hager, gekleidet wie ein Privatdetektiv aus den Zwanzigerjahren ohne Hut, der andere eher rundlich, mit Schnurrbart, Halbglatze, italienischem Anzug. Sie blickten sich an.

»Es gehen ständig Menschen rein und raus hier. Wie sollen wir wissen, auf wen wir da achten sollten?« Der Hagere zuckte mit den Schultern.

»Unsere Kollegen von der Spurensicherung sind unterwegs. Könnt ihr das übernehmen?«

Parks nahm den letzten Bissen.

»Ja klar«, kam es aus dem Schnurrbart unter der Halbglatze. Parks stand wieder auf.

»Und wir kümmern uns mal um den Empfang hier. Der hat nämlich seine 3.6 Sterne auf booking.com heute wirklich nicht verdient.«

Parks blickte Bradford auffordernd an. Doch die blieb sitzen.

»Noch 'ne Minute.«

Parks schüttelte seufzend den Kopf und ging allein auf den Empfang zu. Der Hagere nutzte die Gelegenheit und setzte sich zu Bradford an den Tisch.

»Könnte auch einen Kaffee gebrauchen, was meinst du?«, fragte er seinen Kollegen.

»Immer ich«, beklagte sich der mit einem Grinsen, wandte sich aber bereits der Theke zu, um ihre Bestellungen aufzugeben.

Bradford hatte plötzlich Sehnsucht nach Collister und Delano.

Kapitel 11

Diesmal stand jemand hinter der Theke. Andrew stand auf dem Namensschild. Rotes Haar, Pilzkopf-Frisur, blaue Brille, weißes Hemd, durch das man die dunklen Umrisse von Tattoos sehen konnte. Andrew trug einen Nasenring und das breite Lächeln einer Löwenmutter, die man beim Ablecken eines widerspenstigen Jungtieres stört.

»Andrew, ich brauche Ihre Hilfe«, begann Parks. »In wenigen Minuten wird hier ein Team der Spurensuche des NYPD eintreffen.«

Der Junge behielt das Lächeln bei, machte aber nun große Augen dazu.

»Eines Ihrer Zimmer, nun ja ... Wie soll ich es sagen ... hat eben ein wenig gelitten. Wären Sie so gut und würden mir einige Fragen beantworten?«

97

Der Junge nickte unbeholfen. Sein stummer Blick versuchte, sich an der Polizeimarke festzuhalten, die Parks ihm auf den Tresen legte.

»Als wir eintrafen, war der Empfang unbesetzt. Wo waren Sie?«

Andrew schluckte einmal. Er schien mit der Situation komplett überfordert zu sein.

»Ich war in der Technik. Unsere Videoüberwachung ist letzte Nacht wieder ausgestiegen. Jemand musste sich darum kümmern.«

Parks holte sein Handy hervor.

»Dann wurde der Eingangsbereich heute Morgen nicht gefilmt?«

Andrew verneinte. Seine Haare verdeckten ihm dabei einen Moment die Augen.

»Wie lange musste der Bereich hier ohne Sie auskommen?«

Andrew überlegte. »Vielleicht eine Stunde.«

»Haben Sie heute Morgen irgendetwas Ungewöhnliches bemerkt?«

Der Junge schüttelte den Kopf.

»Irgendjemand, der hier hereinkam und den Sie nicht kannten?«

Abermals schüttelte Andrew denn Kopf.

Parks seufzte. Er befand sich wieder in einer Sackgasse. Er entschied sich dazu, seine Taktik zu wechseln.

»Haben Sie diesen Mann schon einmal gesehen?«

Er zeigte ihm das Foto von Billy Haaland.

»Ja, Sir. Der hat sich hier ein Zimmer gemietet.«

Parks schwieg. Jetzt dämmerte es dem Jungen allmählich.

»Sie meinen ... das mit dem Zimmer ...«

»Genau, sein Zimmer. Wann haben Sie ihn das letzte Mal gesehen?«

»Am Freitagnachmittag. So um vierzehn Uhr. Er hat das Zimmer für vier Nächte bezahlt, nahm die Schlüssel entgegen und hat kurz darauf das Hotel wieder verlassen.«

»Ist Ihnen etwas Besonderes an ihm aufgefallen?«

»Er kam nicht von hier.«

»Wieso?«

»Er hatte diesen komischen Akzent. Und dann das Sexpistols-T-Shirt und diese Bomberjacke ...«

Parks erinnerte sich daran, dass Haaland bei ihrer ersten Begegnung das Gleiche getragen hatte.

»Wissen Sie, was er in New York wollte?«

Hinter Parks ging die Tür auf. Er hörte, wie sich die Kollegen begrüßten, drehte sich aber nicht um. Der Junge sah hinüber, zögerte, griff dann nach einem Stapel Zettel und ging ihn schnell durch, bis er den gesuchten Bogen fand.

»Er hat vermerkt, dass er aus privaten Gründen hier ist.« Parks drehte sich zu Bradford um, die sich mit den beiden Kollegen der Spurensuche austauschte. Laurel saß, Hardy stand etwas mutlos daneben.

»Falls Ihnen etwas einfällt oder Sie ihn noch einmal sehen, können Sie mich anrufen?«

Er gab Andrew seine Visitenkarte. Der machte noch größere Augen, nachdem er sie überflogen hatte.

»Natürlich, Sir.«

»Danke.«

Parks gesellte sich wieder zum kleinen Tisch, wo sich eine entspannte Atmosphäre breitgemacht hatte. Was Kaffee nicht alles bewirken konnte. Für seinen Geschmack waren jedoch zu viele Leute da, und so verabschiedeten sie sich. Einmal auf dem Gehsteig, rief er Delano an und beauftragte ihn, die Waffe Russels abzuholen.

Dann standen sie beim SUV.

»Harris hat Haaland in seinem Hotel gesucht, bevor er die U-Bahn nahm«, sagte Parks nachdenklich und blickte sich dabei um. Er wusste nicht, ob das alltägliche Bild, das sich ihm bot, ihn beruhigen sollte oder nicht. New York war seine Stadt. Er wusste nur allzu gut, wie schnell sich hier etwas ändern konnte. Haaland hatte die Stadt unterschätzt. Oder Parks unter- schätzte Haaland. Vielleicht war er ja doch abgetaucht. In jedem Fall lebte Harris noch, als dieser zu ihm wollte.

»Wenn das stimmt, war es nicht Haaland gewesen, den Harris in der Water Street treffen wollte.« Bradford öffnete die Tür des Wagens.

»Das bedeutet nicht, dass Haaland Harris nicht umgebracht hat.«

»Wie kam er an die Waffe mit den Fingerabdrücken?«, konterte Bradford.

»Wir müssen Russel näher unter die Lupe nehmen. Es ist mir klar, dass Russel den Mord nicht selbst ausführen konnte. Jemand hat es für ihn getan.«

Parks ließ sich auf den Fahrersitz fallen und schloss die Tür.

»Auch wenn Russel der Auftraggeber gewesen war, erklärt das weder, weshalb man seine Waffe dafür benutzt hat, noch warum Harris sterben musste. Was hältst du von Jane Petersen?«

Bradford überlegte einen kurzen Augenblick.

»Sie hatte von Anfang an meine ganze Aufmerksamkeit. Die beiden schienen sich gut zu verstehen.«

»So gut, dass sie für ihn töten würde?«

Bradford schwieg.

»Was wäre das Motiv?«

»Sie wollte ihn schützen?«

»Wovor?«

»Nehmen wir einmal an, Harris hat Russel wegen des Verschwindens seines Bruders kontaktiert und ihm mitgeteilt, er habe Informationen dazu, was damals wirklich geschehen ist. Die erste Reaktion von Russel wäre, sich mit Haaland in Verbindung zu setzen. Er bittet ihn, nach New York zu kommen. Vielleicht hat Petersen Wind von der Sache bekommen.«

»Dann hat sie die Waffe genommen, Harris in den Financial District gelockt und ihn umgelegt? Klingt wenig überzeugend und reicht vollkommen nicht aus, sie in irgendeiner Weise zu belangen.«

»Du hast recht.«

»Wir müssen wissen, wer sie ist.«

Parks startete den Motor, als der Notruf einging.

»An alle Einheiten. Wir haben eine 10-80 an der 405 York Gate. Mögliche 10-54 ...«

»Verdammt!«, fluchte Parks, während Bradford bereits die Sirene und das Blaulicht einschaltete.

10-80 war der Code für eine Explosion.

10-54 derjenige für eine tote Person.

Und ins York Gate hatte Parks nur Minuten zuvor Delano geschickt.

Kapitel 12

Die 63rd war zwischen York und der 1st Avenue isoliert worden. Straßensperren auf beiden Seiten, was jedoch nicht hatte verhindern können, dass sich zu viele Löschfahrzeuge, Ambulanzen und Einsatzfahrzeuge der Polizei in der engen Straße befanden. Als Parks das Chaos sah, winkte er dem uniformierten Kollegen ab, der sie durchlassen wollte, und nahm stattdessen die 61ste am Mount Vernon vorbei. Kurz danach parkte er den Wagen hinter einem Kastenwagen, auf dem in großen Buchstaben WNYW zu lesen war. Das Team von Channel 5 war gerade damit beschäftigt, ihr Material auszupacken.

»Das hat uns gerade noch gefehlt«, murrte er. »Kein Wort, ja?«

Bradford musste lächeln, als sie Claire Vandenburg erblickte, die sich mit einem Kameramann austauschte, der sichtlich weniger motiviert war als sie. Claire Vandenburg war nicht nur eine Frau, an der sich Parks regelmäßig die Zähne ausbiss, wenn es um Medienfreiheit ging. Sie war auch die einzige Frau, die Bradford kannte, für die er Gefühle gehabt hatte. Und sehr wahrscheinlich immer noch hatte. Zugeben würde er es jedoch nie.

Es verging keine Sekunde, bis Vandenburg ihren Kameramann wie eine heiße Kartoffel fallen ließ, um hüftschwingend und mit einem strahlenden Lächeln auf sie zuzukommen.

»John, wie schön, dich zu sehen.«

»Hallo, Claire.«

Parks wartete nicht auf sie, sondern wandte sich eiligen Schrittes der 1st Avenue zu. Ihre Absätze klapperten auf dem Gehsteig, während sie versuchte, mit ihm Schritt zu halten. Bradford beeindruckte auch dieses Mal nicht nur ihre Größe – mit Absätzen über ein Meter achtzig –, sondern ihre rücksichtslose Art, wenn sie etwas erreichen wollte.

Vandenburg packte Parks am Arm.

»John, warte. Nur einen kurzen Moment. Bitte.«

Parks hielt urplötzlich inne und hätte sie dabei fast aus dem Gleichgewicht gebracht. Sie hielt sich an ihm fest wie ein Ertrinkender an einer Boje.

»Zum Glück bist du da. Das hätte mich fast mein Gleichgewicht gekostet.«

»Was willst du?«

»Ach, komm. Du machst ein Gesicht, als hättest du deinen Kaffee noch nicht gehabt.«

»Ich habe nicht viel Zeit, Claire.«

»Haben wir doch alle nicht. Dafür lieben wir ja New York«, fuhr sie unbeirrt fort. Sie richtete ihm in fürsorglicher Weise seinen Hemdkragen.

»Komm zur Sache, bitte.«

Zum ersten Mal drehte sie sich zu Bradford um, die bis zu diesem Zeitpunkt aus Luft zu bestehen schien.

»Er hat tatsächlich bitte gesagt?« Vandenburg zwinkerte ihr vergnüglich zu.

Diese Frau war unglaublich. Mittlerweile hatte der Kameramann auch begriffen und war dabei, den Fokus seiner Kamera auf die beiden zu halten. Bradford ging ihm entgegen und machte ihm mit ihrer Polizeimarke klar, er solle das unterlassen. Vandenburg redete weiter auf Parks ein, hatte aber aus den Augenwinkeln zugesehen und zog deshalb eine Schnute.

»Ach komm, John. Der guten alten Zeiten wegen.«

»Ich habe zurzeit keine Informationen für dich.«

»Hat das etwas mit dem Mord an diesem schwarzen Typen heute Morgen zu tun?«

»Woher weißt du das?«

»Mit deinen zwei Meter acht bist du eben ein überragender Typ. Wo du auftauchst, muss man dich sehen. Nicht wahr?«

Sie drehte sich zu Bradford um, die sich ein Lächeln nur mit Mühe verkneifen konnte. Als sie nicht die gewünschte Reaktion zeigte, drehte sich Vandenburg wieder zu Parks um. Sie lehnte sich nach vorn und küsste ihn sanft auf die Wange.

»Ruf mich an, ja?«

Dann drehte sie sich glucksend um. Parks verdrehte die Augen.

»Das hat uns gerade noch gefehlt«, murmelte er. Bradford biss sich auf die Lippen, um nicht laut loszulachen.

»Kein Wort!«

Und diesmal war es keine Frage mehr.

Sie erreichten das York Gate zu Fuß. Mittlerweile war so etwas wie Ordnung in die Einsatzfahrzeuge eingekehrt. Eine Gruppe Menschen stand dem Eingang gegenüber. Schaulustige an den Fenstern. Typen mit langen Objektiven vor den Kameras.

Delano kam auf sie zu.

»Warum gehst du nicht ans Telefon?«

»Sentimentale Ironie ...«, säuselte Bradford und versuchte dabei, Vandenburg zu imitieren. Delano schien auf Anhieb zu wissen, worauf sie hinauswollte. Er grinste frech.

Parks jedoch verzog keine Miene.

»Die Leute wurden evakuiert?«

»Zumindest diejenigen der oberen Etagen. Wir haben einen Toten.«

»Clive Russel?« Es war zwar eine Frage, aber man sah Parks an, dass es für ihn keine andere Antwort geben konnte.

»Wie kommst du denn darauf?«

»Wir haben ihn unterschätzt. Er ist im Fall Harris das zentrale Element ...«

»Der Tote ist nicht Russel.«

Parks hielt inne. »Wo ist Jane Petersen?«

»Die ist es auch nicht. Und um deine Frage zu beantworten: Keine Ahnung. Collister hatte sie abgefangen, als sie nach der Explosion hochfahren wollte. Sie war weder in der Wohnun, noch im Gebäude gewesen, als es passiert ist. Unsere Kollegen, diejenigen, die gern mit den Sprengstoffen spielen, sind noch oben und durchsuchen die Etagen nach möglichen anderen explosiven Überraschungen. Der Tote ist Billy Haaland.«

»Haaland?« Diesmal war es Bradford, die überrascht war.

»Es ist Haaland«, bestätigte Delano. »Wir fanden seinen Ausweis.«

»Konnte man ihn identifizieren?«

»Die Kollegen sind dabei, ihn einzusammeln. Die Bestätigung wird deshalb noch eine Weile dauern.«

»Wo ist Russel?«

»Evakuiert. Mit den anderen.« Delano deutete auf die Gruppe Menschen auf der anderen Straßenseite.

»Ich sehe nirgends einen Rollstuhl.« Bradfords Stimme klang plötzlich besorgt.

»Er ist ein großer Junge in einem kleinen Rollstuhl. Ich habe nicht weiter auf ihn geachtet.«

»Mist.« Parks setzte sich in Bewegung.

Bradford scannte die Menge auf der gegenüberliegenden Seite. Delano folgte ihm. Einer der Uniformierten sah herüber. Irgendetwas schien ihn zu verunsichern. Er trat auf Parks zu, als Bradford zu ihnen aufschloss.

»Kann ich Ihnen helfen, Sir?«

Parks ließ seine Augen über die Gruppe gleiten. »Das können Sie, Officer ...« Er sah auf den Namen an der Uniform. »... Cole. Haben Sie einen Mann in einem Rollstuhl gesehen?«

»Ja, Sir. Hat sich zwar nicht helfen lassen wollen, aber er war trotzdem froh, als ich ihm einen Weg durch die Menge bahnte. Er ist ...«

Der Officer blickte sich um.

»Nun ja, er war kurz vorher noch hier.«

»Wie kurz vorher?«

Cole schien verwirrt. »Einige Minuten. Nicht mehr als zehn.«

Bradford ging am Absperrband entlang und musterte die Menschen. Delano hatte sich unter sie gemischt. Minuten später mussten sie sich eingestehen, dass sich Russel nicht mehr unter den Anwesenden befand.

Parks entdeckte den Concierge des Gebäudes. Der machte große Augen, als Parks voller Entschlossenheit auf ihn zuhielt. Er schien mit jedem Schritt, den Parks machte, bleicher zu werden. Als fürchte er, dass man ihn schlagen könnte.

»Ich kann nichts dafür.«

»Sollten Sie? Wo ist Russel?«

»Der war hier.« Der Mann schaute sich um, dann zuckte er mit den Schultern.

»Ich weiß es nicht.«

Parks seufzte und kratzte sich am Kopf.

»Also, was ist passiert?«

»Sie sagen, es sei etwas in den oberen Stockwerken explodiert.«

»Irgendeine Idee?«

»Keine Ahnung.«

»Haben Sie jemanden ins Gebäude gehen sehen, den sie nicht kannten?«

Er überlegte kurz, schüttelte dann den Kopf.

»Aber vielleicht, während ich ...« Er biss sich auf die Lippen.

»Während Sie was?«

Er wirkte plötzlich verlegen.

»Was ist passiert?«

»Es wurde ein Päckchen für 12CE abgegeben.«

»Wer hat das geliefert?«

»Ein Typ mit Uniform. DPD? DHL? Ich weiß es nicht mehr ...«

»Ist Ihnen am Päckchen etwas aufgefallen? Adresse? Größe, Gewicht? Irgendetwas Ungewöhnliches?«

Er überlegte einen Augenblick. »Zuerst dachte ich, es seien Bücher. So eine rechteckige Größe in braunes Packpapier verpackt ...«

»Adresse?«

»Von Hand mit blauem Stift. Ach ja ..., und eine Nummer war auch darauf.«

»Was für eine Nummer?«

»Keine Ahnung. Jemand hatte groß die Nummer 3 drauf geschrieben.«

Bradford und Parks tauschten Blicke aus.

»Und was geschah dann?«

»Ich bin schnell hoch.«

»Sie haben das Päckchen Russel gegeben?«

114

»Nein, es gab niemand Antwort, als ich anklopfte, da habe ich mich daran erinnert ... Oh!«

»Sie sind auf die Dachterrasse gegangen?« Bradford blickte ihm direkt in die Augen. Er nickte betroffen.

»Russel ist um diese Uhrzeit oftmals dort anzutreffen. Ich sah, dass Petersen ihm den Ort vorbereitet hatte. Eine Decke lag dort, Zeitschriften, etwas zu trinken.«

»Sie haben das Päckchen dort abgelegt?«

»War das etwa ...?«

»Das ist anzunehmen, ja. Im Päckchen befand sich die Bombe.

»Und sie war an Russel adressiert.«

Kapitel 13

Wie es sich herausstellte, war Petersen nach ihrem Gespräch in die Wohnung gegangen, um die Waffe zu holen, hatte sie aber nicht gefunden. Russel glaubte ihr nicht und wollte selbst nachsehen. Als auch er sich eingestehen musste, dass die Waffe nicht mehr da war, wurde er wütend. Er habe sie angeschrien, dass das ihre Schuld sei.

»Ist es das?«, fragte Parks, der ihr in dem kleinen Raum hinter dem Empfang gegenübersaß. Delano und Collister hatten sich aufgemacht, die Anwohner wegen der Explosion zu befragen.

Petersen stand sichtlich unter Schock. Sie konnte nicht fassen, was geschehen war. Auf die Frage hin biss sie sich auf die Lippen und schwieg. Parks ließ sie gewähren.

»Was haben Sie dann getan?«, wollte Bradford mit leiser Stimme wissen. Sie blickte zu ihr auf.

»Er hat mich in die Stadt geschickt. Wollte, dass ich einkaufen gehe. Und ich war eigentlich ganz froh, von dort wegzukommen. Clive ist ...«

Sie suchte nach den richtigen Worten.

»... gewalttätig?«, schlug Bradford vor.

»Er kann verletzend sein«, wich sie schließlich aus. »Diesen Rollstuhl hat er nie verkraftet. Deshalb muss ich ihn auch immer wegräumen.«

»Sie haben also die Wohnung verlassen?«

Sie nickte. Ihre Hände zitterten. Sie legte sie in ihren Schoss.

»Hat Sie jemand gesehen?«

»Neben den unzähligen Kameras meinen Sie?« Petersen lächelte schwach. »Der Concierge wartete unten, als ich den Aufzug verließ. Wir grüßten uns.«

Parks nickte.

»Kamen sie vor oder nach der Explosion zurück?«

»Nachher. Ich hörte die Entladung, als ich in die 63rd einbog.«

»Aus welcher Richtung kamen Sie?«

»York.«

Parks Blick ruhte auf ihr. Der Raum schien plötzlich viel kleiner, als er in Wirklichkeit war.

»Er hat mich nicht durchgelassen.«

»Der Concierge?«

Sie nickte betroffen. »Ich wollte doch nur nach Clive sehen. Aber dann waren da plötzlich diese Feuerwehrleute ...«

»Mrs Petersen, wo ist Clive Russel jetzt?«

Sie sah ihn verdutzt an.

»Ich nehme an, draußen. Ich habe ihn begleitet, bis ihr Kollege ... Ca... Co ...«

»Collister?«

»Ja, Collister ... Bis der mich fragte, ob ich ihm einige Fragen beantworten könnte.«

»Russel ist nicht draußen.«

Parks beobachtete sie ganz genau. Ihm entgingen weder die plötzliche Falten in der Stirnmitte noch die zusammengezogenen Augenlider. Die Frau hatte Angst.

»Sie kamen also mit Collister in diesen Raum?«

Sie nickte.

»Wovor haben Sie Angst?«

Sie wich seinem Blick aus.

»Ich ...« Sie verschränkte die Arme vor ihrer Brust. Tränen waren in ihren Augen zu sehen. »Ich sorge mich um Clive.«

»Warum?«

»Bei ihm weiß man nie.«

Bradford und Parks sahen sich kurz an und verstanden sich auch ohne Worte.

»Danke, Mrs Petersen. Das war es erst einmal.«

»Kann ich in die Wohnung?«

Parks stand auf.

»Das kommt auf die Kollegen an. Sie durchsuchen zurzeit die oberen Stockwerke, um sicher zu gehen, dass keine weiteren explosiven Überraschungen auf Sie warten.«

Sie nickte. Bradford konnte gut verstehen, wie sie sich fühlen musste.

»Noch eine Frage, wenn Sie es gestatten.«

Petersen sah zu ihr hinüber. »Seit wann arbeiten Sie für Clive Russel?«

War es nur eine Täuschung oder huschte da tatsächlich während einer Mikrosekunde ein Lächeln über ihr Gesicht?

»Seit er hier in New York ist.«

»Also seit 2014?«

Sie bejahte.

»Und wo wohnen Sie?«

Sie schien die Frage nicht zu verstehen.

»Na, hier. Ich wohne hier in 12CE.«

Kapitel 14

Es war ein langer Samstag gewesen.

Und wie alle guten Cops gaben Bradford und Parks ihren Seelen etwas Frieden, indem sie zu süße Speisen aßen und zu bitteren Kaffee tranken. Die letzten Stunden waren intensiv gewesen. Es war an der Zeit, die Einzelheiten zusammenzutragen.

Und sie hatten Glück.

Als sie eintrafen, hatte ein Rookie gerade frischen Kaffee gemacht. Bradford beneidete ihn nicht. Viele von ihnen hatten eine klassische Karriere vor sich. Sie besuchten die Schule, wurden dann nach dem Zufallsprinzip irgendwo in den fünf Boroughs platziert, wo sie einige Jahre arbeiteten. Dann würden einige wenige Detectives, andere machten die Prüfung und wurden Sergeant. Einige Jahre später kam die nächste Prüfung, und sie wurden

Leutnant. Mit 40 zogen sie sich aus dem aktiven Leben zurück und kauften sich ein Boot in Florida oder arbeiteten für private Sicherheitsunternehmen weiter.

Dazwischen lagen endlose Traumata aus Frustrationen, Anfeindungen, Schlafmangel, Verhaftungen, physische Auseinandersetzungen, Tote, kotzende Junkies, kiffende Prostituierte, stapelweise administrative Aufgaben und viele, viele Sitzungen in der internen Psychotherapie, um das Ganze auch nur zeitweise in den Griff zu bekommen oder gar einen Sinn darin zu finden. Es gab auch solche, die blieben 20 Jahre lang ein Cop. Derjenige, der sie grüßte, als sie den Raum betrat, war einer der letzten Kategorie.

Sein Gesicht zeigte das desillusionierte Interesse eines gähnenden Hundes vor einer aufblasbaren Katze. Und das schon nach nur wenigen Wochen auf der Etage.

Bradford stellte vier Tassen bereit.

»Habe gehört, es gibt frischen Kaffee!« Bradford blickte auf. Cameron Williams lächelte ihr zu.

»Oh, hallo ... ´Na ja ... Man gönnt sich ja sonst nichts, nicht wahr?«

»Strenger Tag?« Er wartete geduldig, bis sie die Tassen gefüllt hatte, und hielt ihr seine hin.

»Das kann man wohl sagen.« Während sie die Kanne hinstellte, gab sie ihm die Kurzversion der letzten Begebenheiten im Fall Harris.

»Wer hätte das gedacht. Also, wenn ich das richtig begriffen habe, tauchte Harris bei Russel auf. Woraufhin dieser Haaland einfliegen ließ. Wer ging anstelle Russels zum vereinbarten Termin im Financial District? Petersen? Haaland?«

»Theoretisch könnten es beide gewesen sein.«

Er nahm einen Schluck, nickte bedächtig.

»Aber der Killer ist immer noch da draußen.«

»Und Russel ist verschwunden.«

»Harter Tag. Halten Sie mich auf dem Laufenden, ja?«

»Machen wir.« Bradford nahm alle vier Tassen und folgte dem Leutnant aus der Cafeteria.

30 Sekunden später stellte sie die Tassen auf Parks Schreibtisch. Collister hatte sich bereits einen Riesendonut gesichert.

»Also, was haben wir?«

»Vül nd dosch nischts.«

Parks verdrehte die Augen.

»Wir wissen, dass Harris zwischen 3.45 und 4.15 Uhr ums Leben kam. Er war mit der Metro über Brooklyn an die Water Street gelangt. Wo er eingestiegen ist, wissen wir nicht. An der F-Linie liegt sowohl Delancey, wo Haaland sein Hotel hat, als auch die 63rd, an der Russel wohnt.« Delano schnappte sich eine Tasse.

»Es könnte also durchaus sein«, spann Parks den Gedanken weiter, »dass Harris Haaland vor der Verabredung mit Russel treffen wollte.«

»Falls er ihn nicht sah, würde das jedenfalls den Anruf kurz vor seinem Tod erklären.«

Collister angelte sich einen weiteren Donut.

»Wie kannst du nur solches Zeugs in dich hineinstopfen?« Delano schüttelte den Kopf.

»Wail isch esch konn ...«

»Aber wusste Harris, dass Russel einen Unfall gehabt hatte?«, warf Bradford eine weitere Frage in die Runde.

»Guter Ansatz. Und schwer zu beantworten. Es hat den Anschein, als wollte Harris beide individuell treffen. Aber warum?« Parks wurde aus dem Ganzen nicht schlau. Sie hatten schlichtweg zu wenige Informationen.

»Womit wir wieder bei der Libyensache wären.« Delano stellte seine Tasse ab und griff nach einer Akte auf seinem Schreibtisch. »Ich habe mich da ein wenig schlaugemacht. Eine schlimme Sache. Russel und sein Team waren dem Konsulat zugeteilt worden und für die Sicherheitsrundgänge vorgesehen. Die Gruppe bestand aus Clive Russel, Harris' Bruder Luther, Billy Haaland und zwei weiteren Personen, Kane Pert und Hayden Brown. Sie gerieten in einen Hinterhalt. Gemäß den uns vorliegenden Informationen wurde die Gruppe durch das Kreuzfeuer getrennt. Harris, Brown und Pert wurden isoliert und verschleppt, ohne dass Russel und Haaland eingreifen konnten. Kurz darauf ging der Anschlag auf das amerikanische Konsulat los. Die Attacke dauerte vier Stunden. Zu den Todesopfern gehörte unter anderem der damalige Botschafter der Vereinigten Staaten, J. Christopher Stevens. Tage später tauchte ein Video auf, in dem man Harris beim Sterben zusehen konnte. Brown schaffte es, Al-Quaida zu entkommen, ließ aber Pert zurück. Von ihm fehlt seitdem jede Spur. Irgendwann wurde er als tot gemeldet.«

»Haaland, Russel, Brown. Wo ist Brown jetzt?«

»Das ist nicht so einfach, denn die Geschichte geht weiter. Die Hintermänner setzten ein Kopfgeld auf Brown aus, weshalb sie von einem Zeugenschutzprogramm profitieren durfte. Wir wissen nicht, wer sie heute ist, noch wo sie sich aufhält.«

Delano schloss die Akte wieder.

»Will jemand an sie herankommen, dann kann er dies nur über Menschen tun, die sie kannten«, dachte Bradford laut nach. »In der Hoffnung, dass diese immer noch Kontakt zu ihr haben.«

»Darum Haaland und Russel?«

»Genau. Nun ist aber Haaland tot.«

»Und Harris auch. Wollte er sie etwa warnen?«

»Jemand hat vielleicht versucht, über ihn an Informationen zu gelangen«, schlug Collister vor, der seinen zweiten Donut nun auch gegessen hatte.

»Das kann natürlich sein.« Bradford schien aber nicht wirklich davon überzeugt zu sein. »Ich glaube eher, es war umgekehrt. Jemand hat Harris benutzt, um an Russel und Haaland heranzukommen.«

»Ich möchte alle Informationen über Petersen haben«, sagte Parks schließlich.

»Du meinst, sie könnte Brown sein?«

Collister sah ihn ungläubig an.

»Eher unwahrscheinlich, aber man weiß nie.«

»Sie hat einen Bruder.«

»Sagt sie. Ich will auch wissen, wo sie in der Mordnacht gewesen ist.« Parks blickte Collister an, der einen Augenblick zögerte, dann eifrig nickte und sich eine Notiz machte.

»Was haben wir sonst?«

»Ich bin noch einmal im Saddles gewesen. Ich wollte die Geschichte mit den ausgeschalteten Kameras nochmals überprüfen.«

»So, so ...«

Delano überhörte Collisters Kommentar. »Ich habe das Foto von Rodriguez herumgezeigt. Dabei hatte ich ein interessantes Gespräch mit einem der

Barmänner. Er schien sich an Rodriguez zu erinnern. Aber er versicherte mir, dass dieser den Club nicht allein verlassen hat.«

»Wie kann er sich da so sicher sein?«

»Er kannte den Typen, mit dem Rodriguez nach Hause ging.«

Kapitel 15

Als Parks am Sonntagmorgen eintraf, war Bradford bereits hinter ihrem Computer.

»Wer hätte das gedacht. Adam Parker und Tony Rodriguez.« Parks ließ sich schwerfällig auf seinen Stuhl fallen.

»Ich hab noch etwas entdeckt. Du erinnerst dich sicher noch daran, dass Petersen uns bei unserer ersten Begegnung sagte, Parker würde Montag wieder auf Mission gehen?«

»Ja, und?«

»Ich habe ein bisschen nachgeforscht. Unser Freund Parker ist durch sämtliche Eintrittsprüfungen der Army gerasselt. Und zwar mehrfach.«

»Aber er ist in der Army.«

»Genau. Und das hat er einer einzigen Person zu verdanken, einem ehemaligen Offizier.«

»Lass mich raten, Clive Russel.«

»Genau.«

»Warum hat er die Examen nicht bestanden?«

»Er wurde als mental zu labil eingestuft.«

»Hatte er bereits Einsätze im Ausland?«

»Nein, bisher nur Trainingseinsätze. Aber er hat während seiner Zeit ein Händchen für ein Spezialgebiet gezeigt.«

»Ach, du großer Gott. Sag jetzt nicht, dass er ein Bombenexperte ist.«

Bradford lehnte sich in ihrem Stuhl zurück und grinste.

»Verdammt. Er hatte also Zugang zur Waffe, hat gelernt, mit dieser umzugehen, war zur gegebenen Zeit in der Nähe des Tatorts und könnte mit der Explosion auf der Dachterrasse zu tun haben.«

»Die galt aber Russel.«

»Es sei denn, er wollte Haaland aus dem Weg räumen, weil dieser ihn vielleicht in der Mordnacht gesehen hat.«

»Wie konnte er wissen, dass Haaland sich dort oben befinden würde?«, fragte Bradford.

»Nehmen wir einmal an, Haaland beobachtete Parker, wie er Harris mit Russels Waffe beseitigte. Und egal, ob Haaland Parker erkannte oder nicht, in jedem Fall würde er Russel warnen wollen.«

»Und nehmen wir weiter an, es war nicht Russel, der Parker um die Beseitigung von Harris gebeten hatte, aber Petersen«, spann Bradford den Gedanken weiter.

»Dann würde Russel Parker in der Beschreibung erkennen, die Haaland von ihm machen konnte.«

»Und deshalb musste er ihn finden, bevor er mit Russel sprechen konnte.«

»Aber wenn dem so ist, wieso warf Haaland dann sein Handy an Bord des erstbesten Schiffes und tauchte unter?« Parks gefiel das Ganze nicht.

»Vielleicht hat ihn Russel ja dazu aufgefordert, als er begriffen hatte, in welcher Gefahr sich Haaland befand.«

»Und mit einem Mal hatte Parker zwei Feinde.«

»In jedem Fall müssen wir ihn erwischen, bevor er das Land verlässt.«

Bradford stand auf und griff nach ihrer Jacke.

»Ich habe seine letzte Adresse schon herausgesucht.«

»Na dann schauen wir mal, was Adam dazu zu sagen hat.«

Der Stadtteil Queens ist der flächenmäßig größte Stadtteil von New York. Er liegt im Westen von Long Island. Wäre jeder Boroughs von New York eine unabhängige Stadt, wäre Queens nach Los Angeles, Chicago und Brooklyn Nummer vier auf der Liste der bevölkerungsreichsten Städte Amerikas.

Parks nahm die Upper Roadway über die Ed Koch Queensboro Bridge. Als sie über Roosevelt Island fuhren, nahm er den Faden des Gesprächs wieder auf.

»Kann es sein, dass Rodriguez nichts von Parkers Plänen wusste?«

»Du meinst wegen des perfekten Timings?«

»Wenn Rodriguez und Parker Sex hatten, musste Rodriguez doch hellhörig werden, wenn sein Partner ihn mitten in der Nacht wieder verlässt.«

»Vielleicht nicht in diesen Kreisen. Er hat doch gesagt, er würde sich immer öfter den letzten Teil der Nächtlichkeiten ersparen. Er meinte damit mit größter Sicherheit die Partnerwahl.«

»Du meinst, er und Parker sind kein Paar?«

Bradford zuckte die Achseln. »Ist das wirklich wichtig?«

»Ich denke schon. Stell dir einmal vor, Parker war nur ein One-Night-Stand ...«

»Wie konnte er wissen, dass Rodriguez in der Nähe des vereinbarten Treffpunktes wohnt?«

»Du hast recht. Das würde auf eine minutiöse Vorbereitung hindeuten. Ich stelle mir auch die Frage, ob Rodriguez wusste, warum Parker mitten in der Nacht die Wohnung verließ.«

»Warum ist das wichtig?«

»Eifersucht ist ein genauso starkes Mordmotiv wie Rache.«

»Rodriguez bringt Harris um, weil er eifersüchtig ist?« Bradford war überhaupt nicht überzeugt.

»Ich möchte jedenfalls mehr über Rodriguez wissen. Er hat Harris gefunden. Er hat eine Beziehung zu Parker und damit eine Möglichkeit, an Russels Waffe heranzukommen. Er ist der Einzige, der keine militärische Ausbildung hat. Kein Soldat würde die Waffe einfach so entsorgen.«

»Und doch fanden wir nur Russels Abdrücke darauf.«

»Er hat Handschuhe getragen.«

»Na ja …«

»Ich will trotzdem mehr über Rodriguez erfahren.«

Mittlerweile hatten sie den Queens Boulevard erreicht, fuhren auf der Brücke über den Gleisen, und kurz darauf musste Parks wegen eines Rotlichts an der 32nd halten. Das große Werbeplakat eines

Telefonunternehmens versicherte in großen Buchstaben, weiß auf blau: »More for your Thing. That's our Thing.«

Mehr für dein Ding. Das ist unser Ding.

Das war New York, wie es leibt und lebt. Dein Ding. The American Dream. Alles ist möglich. Immer.

Die Ampel wechselte auf Grün.

Nun fuhren sie unten und der Zug oben auf der Brücke. Minuten später erreichten sie die Hampton Street in Elmhurst. Die Nummer 41-53 war ein typisches Gebäude für dieses Arbeiterviertel. Gerade mal vier Stockwerke hoch, mit rotem Backstein und der typischen roten Feuertreppe außen, erinnerte der Bau eher an eine Fabrik als an ein Block mit Wohnungen. Hier war die Straße breiter, der Himmel präsenter. Parks parkte unter einem Baum direkt gegenüber.

»Was wohl jemand wie Parker hierher gezogen hat? Elmhurst besteht doch aus Mehrfamilienhäusern und einer Bevölkerung vorwiegend aus Asien und Lateinamerika.«

»Das werden wir bald schon wissen.« Parker stieg aus und betrachtete das Gebäude. Aus jedem Fenster ragte der quadratische Außenteil einer Klimaanlage. Eine grüne Hecke gab dem metallenen Gartenzaun die nötige Blickdichte. Das Gebäude wirkte gepflegt.

Bradford tippte auf ihrem Handy herum. »Hatte ich also richtig in Erinnerung«, meinte sie beiläufig und steckte das Handy wieder weg.

»Was denn?«

»Die F-Linie hält auch an der Roosevelt Avenue. Und die befindet sich keine zwei Blocks von hier.«

»Warum sollte Harris hier zugestiegen sein?«

»Ich dachte nicht an Harris, sondern an Petersen. Das würde erklären, weshalb Parker hier etwas zum Wohnen gesucht hat.«

Parks umrundete den Wagen und überquerte die Straße. Bradford folgte ihm. Er suchte Parkers Namen und drückte auf die Klingel. Zunächst geschah überhaupt nichts.

Dann fiel ein erster Schuss.

Kapitel 16

Parks duckte sich instinktiv und griff nach seiner Waffe. Bradford drückte auf alle Klingeln an der Eingangstür, in der Hoffnung, dass ihnen jemand öffnen würde. Vielleicht hatten sie ja Glück.

Ein zweiter Schuss fiel.

Und sie hatten Glück. Der Buzzer summte. »Zweiter Stock!«, rief Parks.

»Ehrlich jetzt?« Bradford stieß die Tür auf.

Sekunden später standen sie im dunklen Eingang. Der Aufzug war in Bewegung. Parks wartete, bis sich die Türen im Grundgeschoss öffneten. Niemand war drin. Er deutete mit seiner Waffe in Richtung der Treppe. Bradford nickte. Als sie die Stufen hinaufgingen, hörten sie, wie im ersten Stock eine Tür aufging. Der ältere Mann, der sie im Flur entsetzt anstarrte, zog sich eiligst zurück, als Parks seine Marke zückte und ihm unmissverständlich zu verstehen gab, dass er zurück in seine Wohnung sollte.

Der zweite Stock lag verlassen da. Die Tür zu einer der Wohnungen stand jedoch offen. Bradford nickte Parks zu und arbeitete sich an der Wand entlang vor, die Waffe im Anschlag. Parks deckte ihren Rücken und behielt das Treppenhaus im Auge. Sie erreichten die Tür, ohne dass ein weiterer Schuss fiel. In der Ferne erklangen Sirenen. Das Gebäude war totenstill. Je näher Bradford der Tür kam, desto unwirklicher schien das Ganze. Sie stieß die Tür auf, versicherte sich, dass der Eingang leer war. Parks folgte ihr.

Badezimmer.

Leer.

Schlafzimmer.

Leer.

Langsam arbeiteten sie sich zum Wohnzimmer vor. Die erste Bewegung, die Bradford wahrnahm, war diejenigen der weißen Gardinen, die vor dem offenen

Fenster hingen. Dann hörte sie eilige Schritte auf der Feuerwehrleiter.

»Er haut ab.« Mit zwei Sätzen war Parks beim Fenster und draußen. Unten hörte man bereits das Kreischen der letzten ausfahrbahren Leiter. Bradford machte auf dem Absatz kehrt und stürmte aus der Wohnung zurück zum Treppenhaus. Sie brauchte für die beiden Stockwerke keine dreißig Sekunden.

Und doch kam sie zu spät.

Als sie auf die Straße hinausrannte, war niemand zu sehen. Weder in der einen noch in der anderen Richtung.

»Verdammt«, fluchte sie, als Parks um die Ecke kam und zeitgleich das erste Polizeifahrzeug eintraf.

Er hielt seine Marke hoch und ging auf den Patrouillenwagen zu. Zwei Cops stiegen aus.

»Er ist uns entwischt, kann aber nicht weit sein. Wir suchen einen weißen Mann, circa 40 Jahre alt, keine Ahnung, welche

Kleider er trägt. Sein Name ist Adam Parker. Er ist bewaffnet. Los. Los, los!«

Ein zweiter Streifenwagen hielt. Parks wiederholte sich, und die Uniformierten schwärmten aus. Bradford steckte ihre Waffe wieder ein und kam auf Parks zu.

»Was sollte das?«

»Ich weiß es nicht.«

»Worauf hat er geschossen?«

»Ich weiß es nicht. Die Schüsse gingen auf die andere Seite. Ich geh wieder rein.«

Aber diesmal öffnete niemand die Tür, als Parks auf die Klingeln drückte. Fluchend ging er ums Haus herum, sprang hoch und schnappte sich die unterste Sprosse der Feuertreppe. Zwei Minuten später stand er oben. Er hatte beim ersten Mal keine Zeit gehabt, sich die Wohnung genauer anzusehen. Etwas stimmte da aber nicht, als er sie nun zum zweiten Mal betrat. Parks blieb mitten im Wohnzimmer regungslos stehen und blickte auf den umgekippten Sessel. Den hätte er sogar beim ersten Mal bemerken müssen. Dann sah er das Blut auf dem Fußboden, folgte der Spur zum Fenster. Am Türrahmen entdeckte er weitere Spritzer. Jemand war verletzt worden. Sie waren von einer Person ausgegangen, aber da mussten zwei gewesen sein.

Bradford erschien im Eingangsbereich.

Sie schüttelte missmutig den Kopf, was wohl bedeuten sollte, dass sie Parker verloren hatten. Dann fiel auch ihr Blick auf den Sessel. Sie stutzte.

»Da war noch jemand.«

»Und wir haben ihn nicht gesehen.«

Bradford stellten sich die Nackenhaare auf. »Das kann nicht sein.«

Parks hob als Antwort nur die Augenbrauen. Einer der Uniformierten zeigte sich am Eingang.

»Er ist uns entwischt.«

Parks nickte bedächtig, machte einen Schritt auf den Sessel zu, als sein Blick auf die Waffe am Boden fiel. Sie war halb unter das Möbelstück gerutscht. Er ging in die Knie, holte einen Kugelschreiber aus seiner

Tasche und hob die Waffe damit vorsichtig hoch. Er roch daran, dann blickte er zu Bradford hinüber.

»Mit der hat niemand gefeuert«, kommentierte er, bevor er sich an den Polizisten wandte: »Officer?«

»Ja, Sir.«

»Bleiben Sie bitte hier, bis unsere Kollegen von der Spurensicherung eingetroffen sind, ja?«

Bradford war bereits dabei, die Nummer zu wählen, während Parks die Waffe vorsichtig auf den Tisch legte.

»Natürlich.«

»Danke.« Parks ging an ihm vorbei.

Bradford holte ihn auf der Treppe ein.

»Das war Delano. Wir haben die Video-überwachungsaufnahmen des York Gate erhalten. Er meinte, da gäbe es etwas, das wir uns unbedingt ansehen müssen.«

Kapitel 17

Parks war gereizt. Er war mittlerweile zur Überzeugung gelangt, dass Parker sehr viel mehr mit dem Fall zu tun hatte als ursprünglich angenommen. Harris war tot, Haaland auch – und Russel verschwunden.

»Ich habe mir die Filme angesehen«, eröffnete Delano die kleine Besprechung. »Haaland betrat das Gebäude und wandte sich direkt den Aufzügen zu. Er wusste also, in welchen Stock er ging. Wir können also davon ausgehen, dass er mit Russel verabredet war.«

»Das ist eine Vermutung.«

»Mit wem sonst?«

Parks blickte zu Bradford hinüber. »Seit vorhin sind wir uns da nicht mehr ganz so sicher.« Parks erörterte kurz, was sie in Elmhurst erlebt hatten. Das stimmte selbst Delano nachdenklich.

»Du meinst, es gibt da noch jemanden, den wir bisher nicht gesehen haben?«

»Ich bin sogar davon überzeugt. Und dieser jemand ist hinter Brown her. Was hast du über die Lieferung des Päckchens herausgefunden?«

»Das Päckchen, ja.« Delano schaute in seinen Notizen nach, ging dann im Film zu einer bestimmten Stelle zurück.

»Hier betritt die Person den Eingangsbereich.« Gespannt blickten sie auf die Gestalt. Sie trug eine auf den ersten Blick normale Uniform für Transportunternehmen. Eine Baseballmütze verhinderte, dass man sie genauer sah.

»Kannst du herangehen?«, fragte Parks.

Delano zoomte heran. Die Qualität des Bildes nahm schnell ab. »Wer ist das?«

»Keine Ahnung. Habe noch einmal mit dem Pförtner darüber gesprochen. Er erinnert sich nicht mehr wirklich an sie.«

»An sie?«

»Laut ihm war es eine Frau.«

»Welches Unternehmen?«

»DPD. Er hat aber für die Sendung nicht unterschreiben müssen. Mir kamen Zweifel, und so habe ich dort angerufen. Sie hatten keine Lieferung für Clive Russel heute. Auch arbeitet zurzeit keine Frau für sie in der Auslieferung. Und tatsächlich befand sich auch keiner ihrer Wagen auch nur in der Nähe.«

Parks blickte auf das Standbild.

»Suchen wir nach einer Frau?«

»Petersen kann es nicht gewesen sein. Der Mann am Empfang hätte sie wiedererkannt.«

»Also noch einmal von vorn.« Parks lehnte sich zurück und schloss kurz die Augen. »Harris will sich mit Haaland und Russel treffen. Oder nur mit Russel, und der lässt Haaland einfliegen, da er Harris nicht persönlich treffen kann. Parker räumt Harris mit Russels Waffe aus dem Weg.«

»Vielleicht wollte Russel gar nicht, dass Harris stirbt.«

»Und bei der Begegnung ist etwas schiefgelaufen? Oder Parker arbeitet im Auftrag von jemand anderem.«

»Wie unserer Frau hier.«

»Oder für Petersen«, wagte Bradford die Theorie. »Zwischen Russel und Petersen scheint es eine enge Verbindung zu geben. Vielleicht hat sie ja ein Gespräch mitgehört, das Russel und Haaland führten, und dabei Angst bekommen.«

»Du meinst, sie hat Parker auf Harris angesetzt?«

»Wieso nicht?«

»Ich weiß nicht, ob uns das weiterhelfen wird.« Collister betrat das offene Büro mit einer Handvoll Blätter. »Ich habe die Auswertungen der Handys von Harris und Haaland verglichen. Deine Theorie, John, scheint sich zu bestätigen. Sowohl Harris als auch Haaland hatten mehrfach Kontakt mit Russel. Wir können getrost annehmen, dass Harris Russel im Financial District erwartete. Auf Harris' Liste, die wir vom Telefonanbieter erhalten haben, ist mir aber noch etwas anderes aufgefallen. Er hat Anrufe von einer Nummer entgegengenommen, die sich außerhalb von New York befindet. Das war knapp eine Woche vor dem Mord.«

»Und wem gehört die Nummer?«

»Einem Pub in Princeton.«

»Gut. Delano, Collister, ihr fahrt nach Princeton. Vielleicht erinnert sich jemand an die Person, die die Anrufe tätigte. Avy und ich knöpfen uns noch einmal Petersen vor. Ich will wissen, ob sie für die Tatnacht ein Alibi hatte und wo Russel jetzt ist.«

Sie fanden Jane Petersen in Russels Wohnung. Sie schien von diesem erneuten Besuch nicht weiter überrascht zu sein.

»Haben Sie Clive gefunden?«

»Wir arbeiten noch daran.«

Sie wies Bradford und Parks Plätze auf der Couch zu, während sie auf einem Stuhl Platz nahm.

»Mrs Petersen, wir werden Ihnen nun einige Fragen stellen, die wir allen Beteiligten stellen müssen. Wo waren Sie in der Nacht von Samstag auf Sonntag?«

Entgeistert blickte sie Parks an. »Sie glauben doch nicht ...«

»Was wir glauben oder nicht, tut nichts zur Sache. Beantworten Sie einfach meine Frage.«

»Ich war hier. Mit Clive.«

»Wer kann das bezeugen?«

»Clive. Ihm ist doch nichts zugestoßen, oder?« Sie machte sich große Sorgen. Das konnte man ihr ansehen.

»Hat er sich nicht bei Ihnen gemeldet?«

Sie schüttelte den Kopf. »Das sieht ihm nicht ähnlich.«

»Hat er sich in letzter Zeit auffällig verhalten?«

»Er war angespannter als sonst. Seit diesem Anruf letzte Woche.«

»Welcher Anruf?«

»Ich weiß nicht, mit wem er geredet hatte, aber danach war er ganz durcheinander. Schließlich hatte er diesen Billy Haaland kontaktiert. Ich habe ihn gefragt, ob ich etwas tun könne. Er meinte, das sei seine Sache und gehe mich nichts an. Ich habe nicht weiter nachgefragt.« Parks konnte ihre Enttäuschung spüren.

»Aber Sie haben ein Gespräch mitgehört, nicht wahr?«, mischte sich Bradford ins Gespräch. Petersen blickte sie kurz an, dann nickte sie.

»Es hat mir Angst gemacht.«

»Was haben Sie gehört?«

»Er sprach über ein Treffen und über Libyen. Er schien aufgebracht und verängstigt.«

»Wer weiß sonst noch von der Unterhaltung?«

»Niemand.«

»Sie haben niemandem davon erzählt?«

Petersen blickte von einer zum anderen. »Vielleicht habe ich es Adam erzählt.«

Parks erklärte ihr kurz, was in Elmhurst geschehen war. Sie wurde immer bleicher.

»Jemand ist hinter Adam her?«

»Mrs Petersen, wir gehen davon aus, dass ihr Bruder das Problem auf seine Weise hat lösen wollen. Wusste er, dass Clive Russel eine Waffe besaß?«

Sie überlegte kurz, dann nickte sie. Und plötzlich schien ihr der Ernst der Lage bewusst zu werden.

»Wo befindet sich Parker jetzt?«

»Ich weiß es nicht.«

»Wann hatten Sie zuletzt Kontakt mit ihm?«

»Als Sie gestern hierher kamen. Seither habe ich nichts mehr von ihm gehört.« Es war ihr sichtlich unangenehm.

»Haben Sie eine Telefonnummer, unter der wir ihn erreichen können?«

Sie zögerte. »Er hat nichts getan.«

Parks und Bradford tauschten einen Blick aus.

»Das wollen wir eben herausfinden.«

Sie stand auf und holte ihr Handy, suchte kurz die Nummer und gab es Parks. Der versuchte anzurufen. Es klingelte mehrmals. Parks wollte schon auflegen, als sich eine Männerstimme meldete.

Kapitel 18

»Adam Parker?«, wollte Parks wissen.

»Wer ist da?«

Etwas stimmte da nicht. »Wir müssen mit Ihnen reden.«

»Wer sind Sie?«

»John Parks vom NYPD. Wir ...«

Der Mann am anderen Ende lachte los.

»NYPD hier auch, mein lieber John. Du bist in der guten Stube der Spurensicherung gelandet.«

»Was ...?«

»Wir haben das Handy in Elmhurst sichergestellt.«

»Mist.«

»Nicht so schlimm. Als ich den Namen 'Jane' auf dem Bildschirm sah, wollte ich wissen, wer sie ist. Bin jetzt aber ein wenig enttäuscht, um ganz ehrlich zu sein. Ach ja, und wo wir gerade dabei sind: Habe die Ballistikresultate für die Waffe, die am

Tatort gefunden worden ist. Es handelt sich definitiv nicht um die Tatwaffe.«

»Seid ihr da sicher?« Parks suchte den Blickkontakt zu Bradford.

»Nein, aber so konnten wir früher Feierabend machen. Natürlich sind wir das. Die Waffe wurde seit Monaten nicht mehr benutzt.«

»Danke.« Parks beendete den Anruf und gab das Handy an Petersen zurück.

»Das Handy wurde in Elmhurst gefunden. Keine Spur von Adam Parker.«

»Mrs Petersen, haben Sie Billy Haaland schon einmal gesehen?«, richtete sich Bradford an sie.

»Nein.«

»Er kam in der Explosion auf der Dachterrasse ums Leben.«

Sie schwieg.

»Wir haben Grund zur Annahme, dass jemand versucht, über Haaland und Russel an eine Frau heranzukommen, die ebenfalls zur Gruppe gehörte, die in Libyen im

Einsatz gewesen war. Hat Clive Russel jemals etwas in der Art erwähnt?«

Petersen schüttelte den Kopf.

»Hatte er noch Kontakt zu anderen Personen aus dieser Zeit?«

Sie überlegte einen Augenblick. »Nein, nicht dass ich wüsste. Ich habe von Billy Haaland erst erfahren, als er ihn kontaktierte.«

Etwas beschäftigte Bradford plötzlich. Obschon Russel seit Jahren keinen Kontakt zu den anderen gepflegt hatte, hatte er ihre Kontaktdaten. Also vielleicht auch Informationen zur Identität von Brown.

»Was wissen Sie über Clive Russels Vergangenheit?«

Petersen sah sie etwas hilflos an.

»Sie können mir nicht erzählen, dass Sie in all den Jahren an Russels Seite nichts über ihn wissen.«

Sie lächelte schmerzhaft. »Sie verstehen das nicht.«

»Was verstehe ich nicht?«

»Das Warten.« Und da wusste Bradford, was es war.

»Sie lieben ihn.« Petersen atmete tief ein.

»Das ist kompliziert. Ich ...« Sie führte den Satz nicht zu Ende. Bradford wartete.

»Ja, Sie haben recht. Ich liebe ihn«, gab sie schließlich zu.

»Aber er nicht?«

»Da waren Zeiten, in denen ich es fast hätte glauben können.«

»Wo ist er jetzt?«

Tränen rannen über ihr Gesicht. »Ich weiß es nicht«, flüsterte sie. »Er gibt sich stark, aber dieser Unfall ...«

»Das kann ich verstehen.«

»Aber Sie können es nicht fühlen, Detective.«

Bradford wollte ihr nicht widersprechen.

»Wir brauchen Ihre Hilfe. Wo würde Russel hingehen, wenn er nicht mehr in die Wohnung könnte?«

Sie überlegte einen kurzen Moment.

»Ich weiß es nicht«, gab sie schließlich zu. Und dieser Umstand gab ihr noch mehr zu spüren, wie wenig sie eigentlich über den Mann wusste, an dessen Seite sie nun schon so lange war.

»Wir gehen von der Annahme aus, dass er sich in Gefahr befindet«, ergriff Parks das Wort. »Harris wurde ermordet, weil er Russel warnen wollte. Haaland wurde mit der Bombe getötet, die eigentlich für Russel bestimmt gewesen war. Russel ist der Einzige aus der Gruppe, der noch lebt.«

»Und der Einzige, der sich an das erinnern kann, was damals geschehen ist«, ergänzte Bradford. »Deshalb hat er Ihnen auch nichts davon erzählt. Je weniger Sie wissen, desto sicherer sind Sie.«

»Aber wir brauchen Ihre Hilfe.«

Sie drehte den Kopf zur Seite, schloss die Augen. Ihre Nasenflügel bebten. Bradford sah, wie sie sich zu konzentrieren versuchte. Ihr Atem ging stockend.

»Wir haben einmal darüber gesprochen.«

»Über was?«

»Über die Möglichkeit, dass ihn seine Vergangenheit einholen könnte.«

»Was hat er gesagt?«

Ohne darauf zu antworten, stand sie auf, verließ den Wohnraum und ging in das nahe gelegene Schlafzimmer. Parks und Bradford tauschten einen Blick aus. Sie hörten, wie Petersen etwas zur Seite schob. Parks stand dementsprechend schnell auf und war mit zwei Schritten in der Tür. Petersen hatte das große Gemälde über dem Bett abgehängt und war dabei, eine Nummer in einen Safe eingeben, den das Bild versteckt hatte. Die Tür öffnete sich mit einem Klicken. Nun stand auch Bradford neben ihm. Einen Augenblick blickte Petersen hinein, ohne sich zu bewegen. Dann fasste sie einen Entschluss, griff hinein und förderte ein Bündel Papiere zutage. Wortlos händigte sie diese Parks aus.

»Er sagte, ich solle dafür sorgen, dass diese Informationen in die Hände der richtigen Personen gelangen, falls ihm etwas zustoßen sollte«, sagte sie leise. »Ich denke, das ist dieser Moment.«

Sie ging an Parks und Bradford vorbei ins Wohnzimmer und nahm wieder im Sessel Platz. Ihr Körper sackte in sich zusammen.

»Bringen Sie ihn mir wieder, ja? Und meinen Bruder auch. Ich werde nicht ohne sie leben können.«

»Wir tun, was in unserer Macht steht.« Es klang ideenlos und irgendwie fehl am Platz, und doch schien es Petersen zu beruhigen.

»Und danke für Ihre Hilfe. Bitte schließen Sie sich ein. Es könnte sein, dass die von uns gesuchte Person versuchen wird, sich mit Ihnen wegen Clive in Verbindung zu setzen..«

Bradford gab ihr eine Visitenkarte. »Zu jeder Stunde, ob Nacht oder Tag. Ich will sofort darüber Bescheid wissen.«

Petersen blickte auf die Karte und nickte stumm. Sie sah nicht auf, als die Detectives die Wohnung verließen.

Parks nutzte die Zeit im Aufzug, um die Akte schnell durchzusehen. Sie bestand aus handschriftlichen Notizen, Kopien von Rapporten und offiziellen Dokumenten, die

Russel mit Sicherheit nicht hätte besitzen dürfen. Er überflog einige, nur um sicher zu sein, dass sie mit Libyen zu tun hatten. Auszüge aus Personenakten. Und dann Fotos. Gruppeneinheiten, Fotos mit einstöckigen Gebäuden, die Parks in Libyen vermutete. Und dann das offizielle Foto einer Frau. Sie trug Uniform und ein Cap mit dem Rang eines Korporals. Hinter ihr konnte man die amerikanische Flagge sehen. Er blickte zum ersten Mal in das Gesicht von Hayden Brown.

Und für einen kurzen Moment blieb ihm der Atem weg.

Kapitel 19

»Dispatcher, hier ist Detective Sergeant John Parks. An alle Einheiten. Wir suchen einen Mann, Mitte vierzig, er trägt den Namen Tony Rodriguez, wohnhaft an der Water Street, 1.77 Meter groß, schlank, lange dunkle Haare. Die Person wird in einem Mordfall gesucht. Sie könnte bewaffnet sein und ist gefährlich.«

»Verstanden. Wir geben eine Suchmeldung raus«, tönte es aus den Lautsprechern.

»Wohin würde ich gehen, wenn ich Rodriguez wäre?«, fragte Parks sich laut.

Er startete den Motor und schaltete das Blaulicht ein.

»Watson. Wir gehen in die Jersey Avenue. Vielleicht ist er ja an seinem Arbeitsort.«

Bradford konnte den Blick nicht vom Bild lösen. Rodriguez war nicht mehr Brown. Sein Gesicht war durch die vielen Hormone maskuliner geworden, aber die Augen ließen keinen Zweifel daran aufkommen, wer er einmal gewesen war.

Parks reihte sich in den Verkehr ein. Die Fahrzeuge machten ihnen Platz.

»Überlegen wir einmal. Harris taucht auf. Haaland taucht auf. Vielleicht wusste Harris um die neue Identität Browns. Haaland hätte ihn mit Sicherheit wiedererkannt. Russel auch.«

»Weiß Parker davon?«

Parks antwortete nicht.

In kürzester Zeit hatten sie New Jersey erreicht. Es empfing sie ein großes W, durch Zweige umrahmt und von einem grünen Baldachin getragen, der den kompletten steinernen Eingangsbereich abdeckte. Eine Flagge der Vereinigten Staaten hing kraftlos an einem Mast. Rodriguez' Arbeitsort bestand aus einem zweistöckigen Gebäude, das rundum von größeren Steinbauten eingeklemmt wurde. Es wirkte verloren und wie aus einer anderen Zeit. Als kämpfte es um das

Überleben. Parks hielt direkt auf dem Gehsteig. Die Eingangstür war nicht abgeschlossen. Sie traten ein. Ein hölzerner Fußboden und Replica-Designermöbel versuchten, einen tröstenden Eindruck zu vermitteln. Etwas fühlte sich ungewohnt an. Und plötzlich wusste Bradford auch, was es war. Totenstille. Das Haus schien in einen tiefen Schlaf versunken zu sein. Sie hörte kein Geräusch mehr von der Außenwelt. Dieses isolierende Gefühl war beklemmend. Als könnte jederzeit etwas Unerwartetes passieren.

»Rodriguez?« Selbst Parks' Stimme schien sich in den Mauern zu verlieren. Keine Antwort.

»Rodriguez? Hier ist Parks. Sind Sie da?«

Sie gingen durch den Eingangsbereich, kamen über einen Korridor zu einem kleinen bestuhlten Saal mit einem Altar, der mit größter Wahrscheinlichkeit kleinen Zeremonien diente. Auch hier war niemand zu sehen.

Bradford machte Parks auf eine Tür aufmerksam, die sich im hinteren Bereich befand. Daneben konnte man zwei größere Öffnungen erahnen, die den Särgen den Zugang zu diesem Raum gewähren mussten. Parks nickte und hielt direkt darauf zu. Er öffnete die Durchgangstür. Dahinter lag ein dunkler Flur. Am Ende war Licht zu sehen. Parks drehte sich zu Bradford um, zog seine Waffe. Sie hatte ihn auch ohne Worte verstanden: Ich gehe vor, du deckst mir den Rücken...

Langsam gingen sie auf den dahinterliegenden Raum zu. Der Durchgang schluckte das Geräusch ihrer Schritte und war so eng, dass Bradford Bedenken bekam. Sollte ihnen jemand auflauern, gäbe es für sie keine Möglichkeit, hier auszuweichen. Immer wieder blickte sie zurück. Sie konnte nichts von dem sehen, was sich vor Parks befand. Sein massiger Körper versperrte die Sicht. Als er schließlich aus der Dunkelheit ins Licht trat, hielt sie für einige Sekunden die Luft an, hoffend, dass niemand auf sie wartete. Parks gab Entwarnung und steckte die Waffe wieder ein.

Dann war auch sie im kahlen Saal. Sie befanden sich im Präparationsraum. An der Wand waren unzählige Utensilien angebracht. Zwei große metallene Tische standen da. Auf der gegenüberliegenden Seite waren große Schließfächer zu sehen, in denen wohl die Toten untergebracht wurden. Der Boden war weiß gekachelt, die übrigen Wände auch. Eine Schiebetür gleich neben dem Durchgang ließ vermuten, dass die Toten einen anderen Weg zu den Zeremonien nahmen als die Angestellten. Ein Teil des Raumes entzog sich ihren Blicken.

»Rodriguez?«, versuchte es Parks erneut. Er durchschritt den Raum und drehte sich dabei um die eigene Achse. Auch ihm schien das Ganze unwirklich. Der Raum öffnete sich auf einen zweiten, langgezogenen Korridor. Mehrere Türen befanden sich auf der rechten Seite, und ganz am Ende war eine auf der linken. Parks schritt schneller voran, versuchte, die erste zu öffnen. Sie war verschlossen. Auch die zweite. Parks ließ die restlichen außen vor und ging direkt auf die einzelne Tür auf der linken Seite zu. Als er sie öffnete und durchschritt, stand er draußen an der Seite des Hauses. Keine Spur von Rodriguez.

»Was machen wir nun?«

»Keine Ahnung. Wieso ist das Licht an und steht die Tür offen?«

Er kam den Flur entlang, und gemeinsam gingen sie zurück in den großen Saal. Der Rollstuhl hatte sich ihren Blicken entzogen, als sie den Raum betreten hatten. Bradford stellten sich die Nackenhaare auf.

Es musste ja nicht sein, aber ...

»Für was brauchen die hier eigentlich einen Rollstuhl?« Parks inspizierte ihn eingehend. Schließlich hob er ihn an und warf einen Blick auf die Unterseite.

»Wir haben ein Problem.«

»Lass sehen.«

Bradford ging neben Parks in die Hocke.

Und dann sah sie die Inschrift.

Da standen ein Name und eine Adresse.

Clive Russel

405 E 63rd St # 12CE

New York, NY 10065

Kapitel 20

Der Pub in Princeton war eigentlich gar kein Pub und stand in der Industriezone, gleich neben einem Laden, der Produkte für Schwimmbäder anbot. Collister lenkte den Wagen quer über den leeren Parkplatz des Einkaufszentrums und parkte direkt vor dem Imbiss.

»Wenn ich das gewusst hätte.« Er stellte den Motor ab und blickte auf die Außenpräsentation. Ein Poster verdeckte fast alle drei großen Fenster neben dem Eingang. Darauf sah man sieben junge Frauen im für diese Kette typischen Outfit: Rote kurze Shorts und weiße Trägertops. Dahinter erkannte man das Logo mit der Eule.

»Ich glaub, ich muss was essen«, sagte Delano.

»Und ob wir das werden.« Collister grinste und verließ das Fahrzeug.

Die Tür quietschte, als sie eintraten. Ein großzügiger offener Raum, rote Wände mit Fotos, und darüber zeigten große Bildschirme ein Basketballspiel. Einige wenige Gäste an einzelnen Tischen. Eine blonde Angestellte, deren weißes Trägertop arg gedehnt wirkte, begrüßte sie mit einem gewinnenden Lächeln und der Pose einer Miss Universum. Sie hatte die Figur dazu – und das Alter auch.

»Herzlich willkommen«, flötete sie. »Mein Name ist Sue. Möchten Sie etwas essen?«

»Aber gern doch.« Collister grinste zurück und folgte ihr an einen Tisch. Dabei kam er nicht umhin, ihren Hintern zu betrachten, bis Delano ihm einen kleinen Klaps auf den Hinterkopf gab.

»Aua«, maulte er.

Ihre Bedienung schien das als lustig zu interpretieren. Sie kicherte.

»Entschuldigen Sie bitte meinen Kollegen hier. Er ist manchmal etwas ... hungrig. Und er ist nicht er, wenn er hungrig ist.«

Sie blickte etwas verwirrt zwischen den beiden hin und her.

»Was gibt es denn?«, wollte er wissen.

»Oh!«, entfuhr es der Blonden. »Ich bringe Ihnen die Karte.«

»Also wirklich«, brachte Delano es auf den Punkt, während er der Bedienung hinterher sah.

»Lange ist es her, nicht wahr?«

Delano seufzte. »Manchmal müsste man wieder in ihrem Alter sein.«

»Ich weiß nicht, ob ich das wirklich möchte. Vielleicht nur für einen Tag.«

»Oder eine Nacht.«

»Ist die Welt wirklich so kompliziert geworden, oder werden wir einfach alt?«

Collister hatte nicht die Zeit, auf die philosophischen Ausschweifungen einzugehen, bevor Sue mit den plastifizierten Speisekarten wieder zurückkam. Sie gab jedem von ihnen eine.

»Darf ich Ihnen bereits etwas zu trinken anbieten?«

»Aber immer doch.«

Sie lachte.

»Bringen Sie mir eine Cola, bitte.«

»Gern. Und für Sie?«

Sie blickte Delano mit ihren blauen Augen an. Er hätte sich liebend gern in ihnen verloren.

»Ein Mineralwasser für mich.«

»Klein, mittel oder groß?«

»Groß, bitte.«

Sie nickte und verließ den Tisch in Richtung der Bar.

»Groß, bitte«, äffte Collister ihn nach.

»Was ist denn?«

Collister schüttelte den Kopf und blickte zu den Bildschirmen hoch, während Delano die angebotenen Speisen studierte. Schließlich legte er seufzend die Karte vor sich hin.

»Ich nehme Fisch im Burger.«

Collister nahm sein Notizbuch aus der Innentasche, entnahm ihm Fotos, die er neben sich auf den Tisch legte, und notierte sich schnell etwas.

Sue war mit den Getränken zurück.

»Einmal eine Cola und ein Mineralwasser, groß.«

Sie stellte die Getränke hin.

»Darf ich Ihnen eine Frage stellen?«

Sie blickte Delano amüsiert an. »Natürlich.«

»Wie kommt es dazu, dass jemand wie Sie hier arbeitet?«

»Sie meinen, weil ich blond bin und hübsch und jung?« Sie lehnte sich provokativ nach vorn, um Delano in die Augen zu schauen. Dabei öffnete sich für ihn der Blick in ihr Dekolletee. Delano wusste plötzlich nicht mehr, was er tun sollte.

»Äh ... ja, so in etwa.«

»Das hat vielleicht mit meinem rechtswissenschaftlichen Studium zu tun, welches mir in einigen Jahren ein Gehalt garantieren wird, von dem Sie als Detective nur träumen können«, flüsterte sie.

»Wie ...?«

Collister war schneller.

»Nun, da Sie anscheinend wissen, wer wir sind, habe ich einige Fragen an Sie. Hatten Sie vor einer Woche, am Montagabend, Dienst?«

Sie ließ von Delano ab und richtete sich auf.

»Ja, warum?«

»Es muss im Zeitalter der Handys nicht oft vorkommen, dass jemand telefonieren möchte«, fuhr Collister fort.

»In der Tat.«

»Erinnern Sie sich zufälligerweise an eine Frau, die dies aber tat?«

Sue blickte auf Collisters Notizblock, dann auf die Fotos daneben.

»Ich kann mich nicht an eine Frau erinnern, nein.«

Collister, der ihrem Blick gefolgt war, nahm das Foto von Harris in die Hand.

»Haben Sie den hier schon einmal gesehen?«

»Nein, aber den da.« Sie zeigte auf das andere Foto auf dem Tisch.

Delano und Collister tauschten einen kurzen Blick aus.

»Sind Sie sich da sicher?«

»Ganz sicher. Ich habe ihn persönlich bedient.«

»Und er hat sie darum gebeten, telefonieren zu können?«

Sie nickte.

»Ist Ihnen am Verhalten des Mannes etwas anderes aufgefallen?«

Sie überlegte kurz. »Nicht dass ich wüsste. Er war anders als viele hier. Liebenswert. Zuvorkommend. Respektvoll. Ich hatte bei ihm nicht das Gefühl, abgewertet zu werden, weil ich eine enge Uniform trage oder Brüste habe.«

Beim letzten Satz bedachte sie Delano mit einem strafenden Blick.

»Ich nehm die Mahi-Tacos«, sagte der so Gemaßregelte.

»Und für Sie?« Sie wandte ihre Aufmerksamkeit wieder Collister zu.

»Ich nehme das Grilled Chicken-Sandwich.«

»Sehr gute Wahl«, kommentierte sie und nahm die Karten wieder an sich.

»Und einen kleinen Salat.«

»Gern, mit welcher Sauce?«

»Balsamico?«

»Wird gemacht.«

Sie wandte sich zum Gehen, als Delano sie nochmals ansprach.

»Woher wissen Sie, dass wir Cops sind?«

Sue drehte sich zu ihm um. Ihre Augen blitzen schelmisch.

»Nun ja ... Abgesehen von der langweiligen Kleidung, den bequemen Schuhen und dieser Körperhaltung, die sehr wahrscheinlich auf das Holster und Ihre Dienstwaffe zurückzuführen ist ... Vielleicht Ihre Art, mit Frauen in Kontakt zu treten?«

»Autsch«, sagte Collister.

»Langweilig, ehrlich jetzt?«, fragte Delano.

Sue zwinkerte ihm zu, setzte ihr Miss Universum-Lächeln auf und wandte sich zum Gehen.

»Ach ja ... Ihre Marke. Seit Sie sitzen, kann man sie in Ihrer Innentasche sehen.«

Delano blickte ihr sprachlos nach.

»Na, dann ...« Collister sah man die Schadenfreude an.

»Kein Wort!«

»Wie kommt es denn, dass ...«, äffte Collister Delano nach.

»Kein Wort mehr, klar?«

Collister lachte. »Nimm's locker, mein Freund. Vielleicht ist es wirklich das Alter.«

»Meinst du?«

»Was dich angeht? Sicher.«

»Echt witzig ...«

»Wie kommt es dazu, dass jemand wie Sie hier arbeitet?«, flüsterte Collister grinsend.

Delano warf ihm einen bösen Blick zu, aber sein Kollege war bereits dabei, seinen Notizblock zu versorgen. Er legte das Foto von Harris hinein.

Und dann auch dasjenige von Tony Rodriguez.

Kapitel 21

Bradford und Parks waren zurück im Hauptquartier in der Park Row.

»Rodriguez-Brown hat Russel. Der Einzige der Gruppe, der sie noch identifizieren könnte.«

Bradford fuhr den Computer hoch.

»Nicht wirklich. Da ist noch jemand anderes.«

»Parker.«

»Genau, Parker.«

»Wohin würde ich gehen, wenn ich Parker wäre?«

»Gute Frage. Aber mein Instinkt sagt mir, er wird mit Petersen in Kontakt treten.«

»Du meinst, wir sollten einfach warten, bis Petersen uns anruft?«

Bradford öffnete ihr Mailprogramm. 24 neue Nachrichten.

»Da können wir lange warten.«

»Wieso?«

»Nun, von einem femininen Standpunkt aus würde ich auch nicht die Cops informieren, wenn mein Bruder sich in Gefahr befindet. Zudem wird sie Parker darum bitten, nichts zu unternehmen. Er wird untertauchen wollen.«

»Und dann morgen auf Mission gehen?«

Bradford antwortete nicht sofort. Sie überflog die Mails.

»Hörst du mir eigentlich zu?«

»Oh, entschuldige ...« Bradford sah lächelnd auf. »Was hast du gesagt?«

»Ich fragte mich, ob Parker morgen auf Mission gehen wird.«

»Unwahrscheinlich. Aber mit größter Sicherheit wird er das Land verlassen wollen, bis sich die Dinge beruhigen.«

»Beziehungsweise, bis wir Rodriguez ...«

Das Telefon unterbrach ihn.

»Parks.«

Bradford blickte ihn neugierig an.

»Ja ..., klar.«

Parks wandte den Blick zum Fenster, hörte zu. Dann beendete er das Gespräch. Sein Gesicht hellte sich auf.

»Wir haben einen Hinweis. Das war Cole, der Mann, der uns half, Russel auf dem Gehsteig zu suchen. Er ist der Sache nachgegangen und hat jemanden gefunden, der einen Kastenwagen gesehen haben will, in den eine Frau jemanden im Rollstuhl schob. Es fiel der Zeugin auf, da es sich um einen schwarzen Kastenwagen handelte und der Mann im Rollstuhl zu schlafen schien.«

»Er hat Russel betäubt.«

»Sieht ganz danach aus. Cole hat die Spur weiter verfolgt und auf den Verkehrskameras den Wagen auch prompt identifizieren können. Das Kennzeichen ist auf ein Unternehmen in New Jersey zugelassen. Du darfst dreimal raten, auf wen.«

»Watson.«

»Genau. Der Kreis schließt sich.«

»Die Chancen stehen gut, dass Rodriguez den Wagen weiterhin benutzt. Wo befindet sich das Fahrzeug jetzt?«

»Cole konnte es nicht sagen. Er hat eine Suchmeldung herausgegeben.«

»Dann bleibt uns nichts anderes übrig, als zu warten.«

Parks nickte betreten. Er hasste es, nichts tun zu können. Aber Bradford hatte recht. Nach Parker und Rodriguez wurde gesucht. Nach dem Wagen auch. Es war eine Frage der Zeit, bis einer der 40'000 Officers da draußen sich melden würde.

»Kaffee?« Bradford holte ihn aus seinen Gedanken zurück. Er nickte. Sie schnappte sich seine Tasse und verschwand in Richtung Cafeteria.

Parks widmete sich seinen Mails. Eine war von der Spurensicherung. Es ging um Elmhurst. Als Bradford mit den dampfenden Tassen wieder erschien, brachte er die Kollegin auf den neusten Stand.

»Die Waffe, die wir in Elmhurst gesichert haben, ist unsere Mordwaffe im Fall Harris.«

Bradford stellte die Tasse auf Parks Tisch und setzte sich wieder an ihren Platz.

»Und wem gehört sie?«

»Sie ist nicht registriert. Fingerabdrücke sind keine darauf. Die Kollegen haben das Blut in der Wohnung analysiert und landeten einen Treffer. So, wie es aussieht, wurde Adam Parker durch zumindest einen der Schüsse verwundet.«

Bradford nahm einen Schluck Kaffee, während sie kurz überlegte.

»Fassen wir zusammen. Rodriguez fürchtet, dass seine Identität auffliegt. Er besucht Parker deswegen. Parker hat eine Waffe. Als er diese ziehen will, schießt Rodriguez auf ihn.«

»Der erste Schuss fiel, als wir geklingelt haben.«

»Das hat Rodriguez vielleicht für einen kurzen Moment abgelenkt.«

»Und Parker hat darin seine Chance gesehen.«

»Wo hat sich Rodriguez in der Wohnung versteckt, als wir da waren?«

»Ich habe keine Ahnung. Aber vergessen wir nicht, dass sowohl Rodriguez als auch Parker eine militärische Ausbildung haben. Was Rodriguez angeht, sogar eine im Guerillakrieg, was bedeutet, dass er trainiert ist, auf kleinstem Raum und im urbanen Umfeld zu überleben.«

»Oder sich unsichtbar zu machen. Wir waren ja keine fünf Sekunden im Wohnzimmer.«

»Es ist mir trotzdem ein Rätsel.«

»Was können wir tun?«

»Die Frage ist, was kann Rodriguez tun, um an Parker heranzukommen?«

»Gute Frage.«

»Er wird sicherlich nicht warten, bis dieser das Land verlassen hat.«

»Mit Sicherheit nicht. Die einzige Person, die ...«

»Petersen!«

»Genau. Parker würde seine Schwester nie im Stich lassen.«

»Wäre er so verrückt, das zu riskieren?«

»Es geht um sein Leben.«

Parks stand auf. Bradford blieb sitzen.

»Aber wie kommt er an Parker ran? Ich meine, selbst wenn er versucht, die Schwester zu entführen, wie er Russel entführt hat ... Oh!«

Bradford hatte begriffen.

»Sie wird ihren Bruder kontaktieren, nicht Rodriguez!«

Parks war schon auf halbem Weg aus den Büroräumlichkeiten.

»Darauf kannst du wetten.«

Kapitel 22

Petersen schien ihre einzige Möglichkeit zu sein, an Rodriguez heranzukommen. Bradford hatte kein Glück, als sie versuchte, Petersen zu erreichen.

»Da geht niemand ran.«

»Versuch, den Pförtner zu erreichen.«

Der Anschluss war besetzt. Parks machte sich langsam Sorgen. Der Verkehr war infolge mehrerer Unfälle dichter als sonst. So dicht, dass selbst das Blaulicht nichts hätte daran ändern können. Seine Geduld wurde durch die Langsamkeit des Verkehrs arg in Mitleidenschaft gezogen. Schließlich erreichten sie die 63rd über die 1st Avenue. Parks fuhr an ihr vorbei und parkte dort, wo er auch nach der Explosion geparkt hatte. Falls Rodriguez auftauchte, sollte ihn der SUV nicht warnen.

Sie stiegen aus.

»Meinst du, er hat Russel dabei?«, fragte Bradford.

Mit einem 'Kuik-Kuik' schloss Parks den Wagen ab.

»Den lässt er nicht aus den Augen, jetzt, da er ihn hat.«

»Das macht das Ganze sehr viel umständlicher für ihn, meinst du nicht?«

»Vor allem wird es ihn verlangsamen.«

»Er hat Harris eliminieren lassen. Er hat Haaland beseitigt. Warum nicht Russel, als er die Möglichkeit dazu hatte?«

»Das ist eine gute Frage. Die Bombe war ja eigentlich für Russel gedacht gewesen.«

»Oder er hat es so aussehen lassen, als wäre sie für Russel bestimmt gewesen. Erinnere dich an die Nummer drei, die unser Portier auf dem Päckchen gesehen hat. Vielleicht war Russel immer schon der Letzte auf seiner Liste gewesen.«

»Das beantwortet nicht die Frage, warum er immer noch am Leben ist.«

»Es gibt nur eine Möglichkeit, weshalb ein Killer jemanden am Leben lässt. Und das macht mir Angst.«

»Du denkst, er braucht ihn noch.«

Parks nickte.

»Wir wissen aber nicht, wofür. Und das macht mir Sorgen.«

Sie erreichten die York Gate über die 1st Ave zu Fuß. Bereits im Eingangsbereich des Gebäudekomplexes wussten sie, dass etwas nicht stimmen konnte. Der Tresen war leer. Als Bradford einen Blick dahinter wagte, sah sie, dass jemand den Telefonhörer nicht aufgelegt hatte. Alle Bildschirme der Sicherheitskameras waren ausgeschaltet worden. Sie brauchten nur einen kurzen Blick auszutauschen. Parks zückte sein Handy und forderte Verstärkung an, während Bradford die Tür zum hinteren Raum aufstieß. Der Mann vom Empfang saß in sich zusammengesunken in einer Ecke, als sie den Raum betrat. Man hatte ihn geknebelt und mit Handschellen an ein Heizungsrohr gekettet. Als sie ihn an der

186

Schulter berührte, zuckte er zusammen und starrte sie mit weit aufgerissenen Augen an. Bradford befreite ihn vorsichtig vom Knebel. Sie konnte seine Angst förmlich riechen.

Parks trat zur Tür herein.

»Was ist passiert?«, wollte sie wissen.

»Ich ... ich weiß es nicht ...« Der Mann schüttelte den Kopf. »Ich kann mich an nichts wirklich ...« Er brach ab, versuchte sich zu konzentrieren, während Bradford sich an den Handschellen zu schaffen machte. Kurz darauf befreite sie seine Hände.

»Ich ... ich ... da stand plötzlich dieser Mann vor mir und fragte mich ... nach ...« Er machte erneut Pause.

»Er bat mich, jemanden im Haus zu kontaktieren ... Er fragte nach ... nach Mr Russel.«

Er blickte erschrocken auf.

»Ist ihm etwas zugestoßen?«

Parks überging die Frage. »Was ist dann passiert?«

»Ich habe den Telefonhörer genommen und wollte anrufen, als der Typ urplötzlich hinter mir stand. Dann wurde mir schwarz vor den Augen.«

»Können Sie den Mann beschreiben?«

Parks tippte auf seinem Handy herum.

»Er war grösser als ich, dunkle Haare, eher südamerikanischer Typ, würd ich sagen ...«

»So wie der hier?« Er hielt dem Mann sein Telefon unter die Nase. Der Mann wurde bleich.

»Das ... das ist er.«

»Rodriguez«, bestätigte Parks.

»Sie bleiben hier. In wenigen Minuten wird Verstärkung hier eintreffen. Bis dann sind Sie hier sicher.« Bradford stand auf, Parks war schon halbwegs im Flur. Sie rannten zu den Fahrstühlen. Jemand hatte den Sicherheitsmodus aktiviert. Beide Aufzüge waren außer Betrieb.

»Verdammter Mist!«, fluchte Parks und wandte sich in Richtung Treppe. Es war eine Frage der Ausdauer und der Geduld.

Aber schließlich erreichten sie den zwölften Stock. Niemand war im Flur zu sehen. Die Tür zu Russels Wohnung war geschlossen.

»Hoffentlich kommen wir nicht zu spät«, raunte Parks und entsicherte seine Waffe. Aber Bradford hielt ihn zurück.

»Ich glaube, das ist keine gute Idee. Jede Wohnung hat sicherlich die Möglichkeit, über Kameras in den Flur zu sehen. Wir sollten auf Verstärkung warten. Falls Rodriguez da drin ist, kann er Petersen als Geisel nehmen. Vielleicht ist sogar Russel dabei. Er hat nichts mehr zu verlieren und weiß, dass wir ihm auf den Fersen sind.«

Parks blickte von Bradford zur Tür von Russels Wohnung und zurück. Dann seufzte er und steckte seine Waffe wieder ein.

»Ich sage damit nicht, dass du recht hast.«

»Habe ich auch nicht erwartet.«

»Dann sind wir uns einig.«

»Was jetzt?«

»Entweder ist er immer noch da drin oder eben schon lange nicht mehr.«

»In beiden Fällen kann das gefährlich werden. Rodriguez ist Experte in Sachen Sprengstoff. Und wenn er vorausgesehen hat, dass er vielleicht das Gebäude nicht mehr verlassen kann, dann könnte er für uns ja eine kleine Überraschung vorbereitet haben. Das Risiko möchte ich definitiv nicht eingehen.«

»Verfluchte Scheiße.«

»Wir brauchen Gewissheit, wer da drin ist, ehe wir entscheiden, was wir tun können.«

Bradford hatte recht. Sie würden Petersen nur unnötig in Gefahr bringen. Aus dem Treppenhaus waren Schritte zu hören. Der erste Einsatztrupp erschien. Fünf Männer in schwarzer Kampfmontur. Der führende Offizier verteilte seine Leute mit Handzeichen. Eine zweite Gruppe platzierte sich im Treppenhaus. Für Bradford und Parks war da nichts mehr zu machen. Sie gaben dem Offizier ein Zeichen und verließen ihren Standort.

Minuten später standen sie auf der Straße. Das Chaos war nicht so groß wie damals bei der Explosion. Nichtsdestotrotz hatte man die Anwohner evakuiert und die Straße weiträumig abgesperrt. Eine mobile Einsatzzentrale war auf der gegenüberliegenden Straßenseite eingerichtet worden. Delano stand davor und winkte Bradford und Parks zu sich.

»Wir haben Neuigkeiten.« In kurzen Worten brachte er die beiden auf den neuesten Stand, was Princeton anging. Dann betraten sie die Einsatzzentrale. Der verantwortliche Kapitän stand hinter einer Reihe von Polizisten, die vor großen Computerbildschirmen saßen. Er begrüßte sie mit einem festen Händedruck.

»Wir haben zwei Teams oben in der zwölften Etage«, begann er, »und drei Scharfschützen im Gebäude gegenüber platziert. Sie haben aber leider keinen visuellen Kontakt etablieren können. Alle Rollläden der Wohnung wurden geschlossen. Deshalb haben wir ein weiteres Team auf dem Weg nach oben. Sie sollten uns bald schon Bilder aus der Wohnung zeigen können. Sie sind mit Minikameras und Wärmemeldern ausgerüstet. Das Gebäude haben wir evakuieren lassen. Ein Kontakt kam bisher nicht zustande.«

Parks Handy meldete sich. Er fischte es aus seiner Jacke und blickte auf den Bildschirm. Claire Vandenburg. Die hatte Nerven. Er drückte den Anruf weg und steckte das Handy wieder ein.

Bradford warf ihm einen Blick zu, als hätte sie erraten, wer ihn anzurufen versuchte.

Er winkte ab.

»Sir, wir haben einen Kontakt«, meldete sich eine der Einsatzkräfte.

»Stellen Sie durch.«

Kapitel 23

Mit einem Klick erwachten die Lautsprecher zum Leben. Parks setzte das Headset auf, das man ihm reichte.

»Hier spricht Detective Sergeant John Parks.«

Zuerst hörte man gar nichts, dann lachte Rodriguez los.

»Das ist witzig. Ach, welche Ironie doch das Leben haben kann.«

»Manchmal ist die Ironie die letzte Phase der Enttäuschung.«

Rodriguez lachte bitter.

»Oder die erste, Parks.«

»Was wollen Sie?«

»Gerechtigkeit. Ich will endlich Gerechtigkeit. Für alles, was passiert ist, für alles, was ich erleben musste.«

»Ich weiß, dass Sie gelitten haben, aber ...«

»Kommen Sie mir nicht mit dieser Nummer. Ich will Ihr Beileid nicht.«

Einer der Sitzenden hob die Hand. Der Kapitän ging zu ihm, beugte sich über den Bildschirm.

»Es geht nicht um Beileid, Mr Rodriguez ...«

»Sie haben recht, Parks. Es geht nicht um Beileid.«

Der Kapitän winkte Parks zu sich heran und zeigte auf einen Monitor. Man konnte die Umrisse der Wohnung erkennen. Blaue und dunkelblaue Linien und ganz deutlich zwei rot-gelb-grüne Schemen. Eine davon bewegte sich auf dem Bildschirm hin und her. Parks nickte.

»Mr Rodriguez, das Gebäude ist umstellt. Niemand wird reinkommen. Und niemand wird das Gebäude verlassen können. Wir haben Scharfschützen positioniert. Wir haben Spezialeinheiten, die bereit sind, die Wohnung zu stürmen. Es ist vorbei.«

»Nichts ist vorbei. Es fängt eigentlich gerade erst richtig an. Sehen Sie gern fern, Parks?«

Parks tauschte einen kurzen Blick mit Bradford. Sie runzelte die Stirn.

»Nicht wirklich, warum?«

»Sollten Sie aber ...«

»Was sollte ich denn sehen?«

»Das, was alle nicht sehen wollen, Parks. Das, was niemand sehen will.«

Die Leitung wurde unterbrochen. Parks fluchte und riss sich das Headset vom Kopf.

»Verdammt, was will er uns damit sagen?«

»Ich weiß es nicht«, gab Bradford zu. »Aber Russel ist nicht in der Wohnung.«

Der Zugang zur Einsatzzentrale wurde aufgerissen. Collister stand in der Tür.

»Wir haben den Kastenwagen. Er steht in einem Parkhaus in der 65th Street.«

Parks war schon bei der Tür.

Minuten später befanden sie sich vor dem Parkhaus.

Das Gebäude wirkte heruntergekommen. Viele der offenen Fenster waren zu Bruch gegangen. Quik Park warb für einen Night Special für 25 Dollar 34. Weiß auf rotem Grund. Der Ort war bereits abgesperrt worden. Ein Uniformierter am Eingang hob das Absperrband hoch, als Parks, Collister und Bradford ihre Marken zückten. Der Kastenwagen stand im ersten Stock. Auch hier stand ein Polizist, der sie grüßte.

»Wo sind die anderen?«, fragte ihn Parks.

»Welche anderen?«, konterte der Uniformierte. »Wir sind zu zweit hier. Mehr lag nicht drin.«

Parks dankte ihm und trat ohne Umschweife an die Fahrerkabine heran. Er blickte hinein. Nichts. Bradford ging in die Knie und blickte unter das Fahrzeug. Als Parks sie ansah, schüttelte sie den Kopf. Er ging um den Wagen herum, hielt eine Hand an die Rückscheibe und sah hinein. Etwas war im Inneren zu sehen. Da die Scheiben aber schwarz getönt waren, konnte er nicht wirklich erkennen, was es war. Er tastete nach dem Türgriff.

»Warte, das könnte eine Falle sein.«

Collister wich bereits einige Schritte zurück.

»Er hat recht«, sagte Bradford.

Parks blickte von ihr zu ihm, schüttelte den Kopf und öffnete die Tür des Wagens.

Ein Klicken war zu hören. Bradford hielt den Atem an. Aber nichts geschah.

»Siehst du?«, sagte Parks und drehte sich um. Im Inneren stand ein Stuhl. Auf den Stuhl hatte man einen Fernseher gestellt. Als er die Tür vollständig öffnete, erwachte der Fernseher zum Leben. Deutlich konnte er einen Mann ausmachen, der an einen Stuhl gefesselt worden war. Sein Kopf ruhte auf seiner Brust. Mehrere Wunden waren in seinem Gesicht zu erkennen. Ein Auge war zugeschwollen und blau angelaufen. Seine Kleidung wies dunkle Flecken auf. Der Körper des Mannes war in sich zusammengesunken und schien nur noch durch die Seile vor dem Stürzen bewahrt zu werden.

Bradford trat hinzu.

Clive Russel schien bewusstlos zu sein.

Oder tot.

Parks richtete seine Aufmerksamkeit auf den Raum, in dem Russel saß. Er wirkte kahl und leer. Betonboden. Irgendwo außerhalb des Bereichs musste eine Lichtquelle oder ein Fenster sein. Russels Kopf rollte plötzlich zur Seite, und dann sah Parks die roten Zahlen.

01:00:00

»Verdammt«, flüsterte er.

Erst in einem zweiten Augenblick merkte er, dass die Zahlen rückwärts liefen.

00:59:59

00:59:58

00:59:57

Nach etwa fünf Sekunden wurde der Bildschirm schwarz. Bradford stieg in den Wagen und näherte sich dem Stuhl. Sie warf einen Blick dahinter und erstarrte.

»Weg hier«, sagte sie leise, während sie sich langsam rückwärts bewegte.

»Was ist?« Collister klang alarmiert.

»Ich sagte weg, schnell!«

Collister entfernte sich rückwärts vom Wagen und gab dem Uniformierten ein Zeichen.

»Ganz sachte«, ermahnte sie sich. Sie hatte das Ende des Kofferraumes erreicht und stieg vorsichtig heraus. Sobald sie wieder festen Grund unter den Füßen hatte, begann sie zu laufen.

»Weg hier!«, schrie sie. »Alle Mann weg hier, schnell!«

Der Uniformierte und Collister ließen sich das nicht zweimal sagen. Parks spurtete los, erreichte nach den anderen das Treppenhaus. Bradford war ihm dicht auf den Fersen. Als die Explosion den Kastenwagen in Stücke riss, schleuderte sie die Druckwelle kopfüber durch die Tür. Sie verlor das Gleichgewicht und stürzte die Stufen hinunter. Hinter ihr rollte eine Feuerwand durch den ersten Stock. Glas splitterte. Weitere Fahrzeuge explodierten. Der freie Fall ließ Bradford mehrmals aufschlagen, bevor sie unsanft auf Parks landete, den die Druckwelle gegen die Wand geschleudert hatte. Rauch füllte plötzlich den oberen Teil des Schachtes. Es roch nach verbranntem Plastik, nach heißem Metall. Das Treppenhaus wurde zum Hitzebehälter. Bradford musste würgen. Immer mehr schwarzer Rauch füllte den Durchgang. Sie hob die Hand, um ihr Gesicht zu schützen. Wie durch einen Nebel konnte sie dumpfe Geräusche hören. Alles lief in Zeitlupe ab. Parks unter ihr bewegte sich nicht. Sie versuchte, seinen Arm zu fassen, hatte aber keine Kraft mehr dazu. Jede Bewegung kostete sie unmäßig viel Energie und Willenskraft. Ihr ganzer Körper schien zu schmerzen. Sie atmete schwer. Dunkle Wellen rollten über sie hinweg. Noch vom Sturz benommen, versuchte sie hochzukommen. Aber ihr Körper verweigerte ihr den Dienst. Bradford schüttelte den Kopf, um das Gefühl der Taubheit loszuwerden. Dann sackte sie zusammen und schlug sich dabei den Kopf an der Wand an. Der zusätzliche Schmerz blendete alles andere aus.

Der Boden vibrierte.

Sie blickte hoch.

Diffuse Bewegungen.

Schemenhafte Gestalten.

Dann wurde ihr schwarz vor den Augen.

Kapitel 24

»Die Bombe!«, fuhr es Bradford durch den Kopf. Und plötzlich war sie wieder hellwach. Sie mussten die Bombe finden. Dann war der Gedanke wieder weg. Sie starrte an die Decke des Krankenwagens und atmete tief durch. Ihr Körper wirkte schwerfällig. Ihr Kopf tat weh. Schmerzen in den Schultern, als sie sich aufsetzte. Bradford biss sich auf die Lippen, schloss die Augen. Dann gab sie sich einen Ruck und stand auf. Dabei hätte sie fast den Infusionsbehälter vom Ständer gerissen. Sie setzte sich unbeholfen wieder hin.

»Oh la, la!«, ermahnte sie eine Stimme mit mexikanischem Akzent. »Nicht so schnell, gute Frau.«

Verwirrt starrte sie auf die Nadel in ihrer Hand.

»Sie können doch nicht einfach ...« Der Krankenpfleger kam beschwichtigend auf sie zu. Aber sie hatte sich den Zugang bereits aus der Hand gerissen.

»Wir sind noch nicht ganz fertig ...«

»Sind wir doch.« Bradford stand auf. Man hatte ihre Waffe und Jacke auf einen Sitz gelegt. Sie schnappte sich beides. Dabei fiel ein Handy zu Boden. Sie hob es hoch. Verunsichert betrachtete sie es. Es war nicht ihr Handy.

Es handelte sich eindeutig um dasjenige von Parks.

»Was zum Teufel ...«, dachte sie. Panik überkam sie. Sie blickte hoch. Der Mann war einen guten Kopf kleiner als sie, hatte aber sicher das Doppelte an Körpergewicht.

Und er versperrte ihr den Ausgang.

»Gehen Sie mir aus dem Weg!«

»Ich bitte Sie ...«, redete der Mann ihr gut zu. Er hob beschwichtigend die Hände, kapitulierte aber vor Bradfords entschlossenem Auftreten. Er setzte sich mit einem Seufzen auf den ihm zustehenden Sitz und ließ sie vorbei. Bradford steckte die Waffe ins Holster, das sie an der Hüfte trug, und stand nach zwei Schritten an der Tür. Die Klinke gab nach. Als die Tür aufschwang, wurde Bradford schwindlig. Einen Augenblick musste sie sich festhalten, um nicht umzufallen. Der Mann war sofort auf den Beinen.

»Sie sollten ...«

Bradford schloss die Augen, atmete mehrmals tief durch. Langsam hörte die Welt auf, sich um sie zu drehen. Der Mann legte behütend seine Hände auf ihre Schultern.

»Sie sollten sich etwas Zeit gönnen, Detective.« Er machte sich wirklich Sorgen. Bradford sah ihn an, schüttelte seine Hände ab.

»Danke.«

Dann sprang sie aus der Ambulanz und blickte sich um. Die 64th Street. Sie erkannte das italienische Restaurant an der Ecke zur 1st Avenue. Mehrere Einsatzfahrzeuge, Ambulanzen und Feuerwehreinsatzkräfte waren hierher gerufen worden. Einige Kollegen in Uniform blickten zu ihr herüber. Sie ignorierte ihre Blicke, drehte sich zum Sanitäter um.

»Wo ist Parks?«

»Sie meinen den Mann im Treppenhaus?«

»Avy!« Bradford wandte sich Collister zu, der mit Delano auf sie zu kam. Sie hielt Parks Handy hoch.

»Wo ist Parks?«

Die beiden tauschten einen betroffenen Blick. Plötzlich fühlte sie sich so schwach, dass sie beinahe in die Knie ging. Delano war der Schnellere und stützte sie. Schwarze Punkte tanzten vor ihren Augen. Ein Stechen in ihrem Brustkorb, das nur langsam wieder abklang.

»Alles gut?«, fragte Delano besorgt.

»Alles gut«, gab sie vielleicht ein bisschen zu heftig zurück. »Wo ist Parks?«

»Den haben sie ins Spital gefahren.«

Sie befreite sich. Ihr blieben die Worte weg. Sie blickte auf das Handy, das blinkte. Instinktiv wischte sie über den Bildschirm. Vier Anrufe in Abwesenheit.

»Weißt du, der Sturz hat ihn arg mitgenommen.« Collister wirkte verlegen.

»Wie arg?« Sie blickte ihn nun direkt an.

»Wir wissen es nicht«, gab Delano zu.

Bradford blickte auf das Handy. »Wie lange haben wir?«

Collister sah auf seine Uhr. »Wir haben ungefähr 40 Minuten, um die Bombe zu finden.«

»Mist!«, entfuhr es Bradford. Sie blickte sich um. »Was wissen wir?«

»Die Aufzeichnung wurde durch die Explosion gänzlich zerstört. Wir wissen, dass nur zwei Personen in der Wohnung sind.«

»Die eine ist Rodriguez. Die andere wohl Petersen. Keine Spur von Parker.«

»Hat sich Rodriguez wieder gemeldet?«

Delano schüttelte den Kopf. »Er nimmt keinen unserer Anrufe entgegen.«

»Er ist der Einzige ...« Parks Handy begann zu vibrieren. Auf dem Bildschirm stand der Name Claire Vandenburg. Bradford wollte den Anruf wegdrücken.

Irgendwas hielt sie aber zurück. Und wenn es auch nur darum ging, ihren Frust an jemandem auszulassen. Vielleicht war das nämlich genau die Möglichkeit.

»Bradford?«

Am anderen Ende war es kurz still. Dann hatte Vandenburg sich wieder gefasst. »Wo ist John?«

Bradfords Blick suchte einen Ankerpunkt in ihrer Umgebung und fand ihn im blauen Logo von Cleaners, einem Textilreinigungsgeschäft auf der anderen Straßenseite.

»Wir hatten ein kleines Problem …« Bradford hatte Mühe, nicht besorgt zu klingen. Aber Vandenburg war nicht dumm.

»Was ist passiert?«

Bradford überlegte kurz.

»Hören Sie, Claire. Ich will ehrlich mit Ihnen sein. John ist im Spital. Bei einer Routinekontrolle ist ein Fahrzeug explodiert.«

»Welches Spital?«

»Ich glaube nicht …«

»Welches Spital?«

»Ich … weiß es nicht«, gab sie zu. Vandenburg schwieg.

»Das werde ich schon herausfinden.«

»Claire?«

»Ja?«

»Deshalb haben Sie nicht angerufen, oder?«

»Nein, eigentlich nicht.«

»Was ist los?«

»Ich habe einen Link erhalten, der John interessieren könnte.«

»Sie haben einen Link erhalten?«

»Na also, um ehrlich zu sein, der Sender hat einen Link erhalten.«

Bradford schwieg.

»Also gut, ich denke, alle Fernsehsender haben ihn erhalten.«

»Und?«

»Es handelt sich um eine Live-Übertragung. Auf den Bildern sieht man einen Mann, der an einen Stuhl gefesselt ist.«

Bradford hielt kurz die Luft an. Sie versuchte, nicht allzu interessiert zu wirken.

»Wer ist der Mann?«

»Das ist es ja eben. Der Mann ist Clive Russel.«

»Was sehen Sie sonst noch auf dem Bildschirm?«

»Es hat einen Timer, der rückwärts läuft. Er zeigt zurzeit 35 Minuten an.«

35 Minuten. Bradford lief es kalt den Rücken hinunter.

»Was sehen Sie noch?«

»Es gibt einen Untertitel. Auf dem steht, dass wir bald die ganze Wahrheit erfahren werden.«

Kapitel 25

Gebannt starrte Bradford in der mobilen Einsatzzentrale auf den Bildschirm. Russel hatte sich noch nicht bewegt. Die Zeit in roten Ziffern hinter ihm zeigte 00:21:40. Sie lief gnadenlos rückwärts. Ein Spezialist war dabei, das Bild und die Verbindung zu untersuchen.

»Die Übertragung läuft über einen Server im Ausland und funktioniert mit einer Kommunikationsverschlüsselung, die man normalerweise in der Armee braucht. Dementsprechend ist auch das Sicherheitssystem aufgebaut. Die Person wusste, was sie machte. Ich brauche viel mehr Zeit.«

Er blickte auf den Timer.

»Gibt es eine andere Möglichkeit, den Ausstrahlungsort zu bestimmen?«

»Nicht auf diese Weise.«

Bradford schwieg. Der Kapitän wurde an einen Bildschirm heran gewunken.

Delano bemühte sich, per Telefon mit der Zentrale herauszubekommen, wie der Kastenwagen in das Parkhaus gekommen war. Er fluchte dabei vor sich hin, als er zum x-ten Mal weiterverbunden wurde.

Bradford ließ ihren Blick über die Monitore gleiten. Ein Knacken in den Lautsprechern. »Wir sind so weit.«

»Bestätige. Bereit zum Einsatz.«

Collister versuchte, telefonisch an Informationen zu Parks Hospitalaufnahme heranzukommen.

»Das sollten Sie sich ansehen, Detective.«

Bradford trat neben den Kapitän. Auf der Wärmebildkamera sah man schemenhaft beide Personen. Ein Kampf schien entbrannt zu sein. Dann ging eine der beiden zu Boden. In Bradford brodelte es vor Wut. Aber ihr waren die Hände gebunden.

»Unsere Spezialeinheiten sind bereit, die Wohnung zu stürmen«, meldete sich einer der Beamten vom Tisch.

»Danke, Sergeant«, bestätigte der Kapitän.

»Was machen wir?« Der Kapitän wandte sich Bradford zu. Sie konnte ihre Augen nicht von den Bildschirmen nehmen.

»Wir müssen vorsichtig sein. Rodriguez wird es uns nicht einfach machen.«

Wieder knackte es in den Lautsprechern.

»Hier Scharfschütze 1. Die Rollläden des Zielobjektes bewegen sich. Sie werden hochgefahren. Ich wiederhole. Ich habe visuellen Kontakt in zirka vier Sekunden.«

Bradford blickte auf den Monitor der Wärmebildkamera. Eine der Personen befand sich nun im Schlafzimmer mit dem Safe. Die andere bewegte sich nicht mehr.

»Bestätige visuellen Kontakt. Hier Scharf-schütze 2. Silhouette eines Mannes am Fenster sichtbar. Warte auf Befehl.«

Der Kapitän blickte weiterhin Bradford an, die sich auf die Lippen biss. Delano war neben sie getreten, das Handy immer noch in der Hand. Er starrte auf den Wärmebildmonitor.

»Scharfschütze 2 an Zentrale. Habe visuellen Kontakt.«

Bradford wurde plötzlich schwindlig. Ihr Herz raste. Ihr Kopf fühlte sich schwer an. Aber sie musste eine Entscheidung treffen.

Und zwar jetzt.

»Was machen wir?« Die Stimme des Kapitäns klang sanft, aber bestimmt.

»Hier Scharfschütze 1. Bitte um schnelle Entscheidung. Mann ist bewaffnet und bewegt sich.«

Bradford hielt den Atem einen kurzen Augenblick an.

»Ausschalten.« Sie hatte es nur geflüstert, aber der Kapitän hatte verstanden. Für einen Sekundenbruchteil blickte er ihr direkt in die Augen, dann gab der den Befehl weiter.

Selbst in der Einsatzzentrale konnte Bradford die Schüsse hören. Wie Peitschenhiebe zwischen den Hochhäusern. Delano starrte mit offenem Mund auf die

Monitore. Die Person am Fenster war zu Boden gegangen. Collister hatte sein Telefonat aufgegeben und war zu ihnen getreten.

»Hier Scharfschütze 1. Ziel nicht mehr in Sicht.«

»Hier Scharfschütze 2. Ziel ausgeschaltet. Kein visueller Kontakt mehr.«

»An alle Teams. Wohnung stürmen.«

»Verstanden.«

Auf einem Bildschirm erschien das Bild der Tür im zwölften Stock.

»Wieso hat er die Rollläden geöffnet?«, fragte Delano entsetzt.

Bradford antwortete nicht. Sie blickte gebannt auf die Bildschirme.

Zwei Männer waren dabei, die Tür zu öffnen. Der eine gab ein Zeichen. Der Mann, der die Kopfkamera trug, duckte sich. Für einen Augenblick sah man den Boden. Dann hörte man eine dumpfe Explosion. Als der Mann den Kopf wieder hob, füllte ein grauer Nebel den ganzen Flur. Die erste Einheit stürmte in die

Wohnung. Schreie waren zu hören. Befehle wurden gerufen. Einen Augenblick sah man überhaupt nichts mehr. Dann ertönte die Stimme des Kommandanten.

»Wohnung gesichert. Eine bewusstlose Person. Eine Person schwer verletzt. Brauchen dringend ärztliche Hilfe.«

»Verstanden. Ärztliche Hilfe ist unterwegs«, meldete der Kapitän und gab Befehle weiter.

»Der entkommt mir nicht.« Bradford war bereits in der Tür.

»He, Avy, warte!« Aber Delano kam mit seiner Bemerkung zu spät. Sie hatte die Zentrale bereits verlassen und sprintete auf das York Gate zu. Es konnte nicht sein, dass Rodriguez ihr jetzt einfach wegstarb. Er würde ihr sagen, wo sich Russel befand. Und wenn ihr Gesicht das Letzte war, was dieser Drecksack auf Erden sehen würde. Collister und Delano waren ihr auf den Fersen, als sie die Stockwerke hochjagte und dabei das medizinische Team überholte.

»Avy, warte!« Aber Bradford hörte nicht auf ihre Kollegen. Im Gegenteil. Irgendwann kamen die Schmerzen hinzu. Ihr Herz schlug wie wild. Sie bekam kaum noch Luft. Aber die Wut gab ihr die nötige Kraft und Entschlossenheit.

Schließlich erreichte sie den Flur, der immer noch in einen weißen Nebel gehüllt war. Schemenhafte Figuren. Die Tür war durch die Explosion aus den Angeln gerissen worden. Bradford hob ihre Polizeimarke. Der Soldat am Eingang nickte. Im Durchgang kreuzte sie zwei weitere Soldaten. Bradford wandte sich nach links, wo sich das Wohnzimmer befand. Man hatte jemanden auf die Couch gelegt. Sie trat näher.

Rodriguez. Bewusstlos.

Ihr Herz setzte für einen Augenblick aus.

Wer war dann die andere Person?

»Avy, hier!« Delano stand an der Tür zum Schlafzimmer. Collister hatte sich neben ihm auf seine Knie gestützt und versuchte, seinen Atem wieder in den Griff zu bekommen. Mit zwei Schritten war Avy im Schlafzimmer.

Durch beide Fenster trat weißer Rauch aus der Wohnung. Glassplitter überall am Boden. Neben dem Fenster standen zwei Soldaten, einer kniete neben dem Verletzten. Von dort, wo sie sich befand, konnte sie nur die Füße ausmachen. Schnell schritt sie ums Bett herum. Es knirschte unter ihren Füßen.

Bradford blieb wie angewurzelt stehen.

Die medizinische Versorgung stürmte ins Zimmer. Bradford trat zur Seite. Der kniende Soldat stand auf und machte den beiden Männern Platz. Und die Notfallsanitäter begannen die Erste-Hilfe-Maßnahmen an Adam Parker.

Kapitel 26

Bradford war es eine Freude, Rodriguez die Handschellen persönlich anzulegen. Mittlerweile hatte jemand den Aufzug wieder eingeschaltet, und das Verlassen des zwölften Stockwerks gestaltete sich deshalb auch viel angenehmer. Collister war bei Parker geblieben, Delano stand mit Bradford im Aufzug. Die Türen schlossen sich, und die Kabine setzte sich in Bewegung. Bradford ließ Rodriguez los, drehte sich von ihm weg.

Urplötzlich schlug sie zu.

Mit der Kraft aufgestauter Frustration. Rodriguez schnappte nach Luft, beugte sich vornüber und sah mit entsetzten Augen zu ihr hoch.

»Avy, was ...«

Weiter kam Delano nicht. Bradford schlug ein zweites Mal zu. Diesmal ging Rodriguez stöhnend zu Boden. Mit zwei kurzen

Schritten war sie bei den Knöpfen und drückte den Alarmknopf. Der Aufzug kam mit einem Ruck zum Stehen.

»Wo ist er?«

Bradford stellte sich breitbeinig über Rodriguez auf und ließ ihre Finger knacken.

»Avy, du kannst doch nicht …«

»Was kann ich nicht?«, fuhr sie Delano an.

Der hob abwehrend die Hände. »Ich meinte nur …«

»Das nützt uns jetzt wenig.« Sie wandte sich wieder Rodriguez zu. »WO IST ER?«

Der Mann am Boden hatte immer noch Mühe, sich vom Schlag in den Magen zu erholen. Sein Blick verlor sich im Nirgendwo.

Bradford gab ihm einen Fußtritt in die Rippen. Rodriguez blieb erneut die Luft weg.

»Avy, hör auf …«

»Ich habe heute sehr wenig Geduld.«

Und dann geschah etwas Unerwartetes. Rodriguez begann zu lachen. Es klang zuerst wie ein Husten und Würgen. Dann lachte er los.

»Was ist daran so lustig?« Bradford ging neben ihm in die Knie.

»Das wird Sie Ihre Marke kosten.«

»Und Sie Ihr restliches Leben, das Sie hinter Gitter verbringen werden. Dafür werde ich sorgen.«

»Sie werden überhaupt nichts.«

»Wollen Sie wetten?«

»Mir sind leider die Hände gebunden.«

»Wieder Ausreden?«

»Nun wissen Sie, was es heißt, in der Hölle zu leben, Bradford.«

»Wo ist er?«

»Ich werde nicht ins Gefängnis gehen.«

Bradford stand auf und rammte ihre Faust in die Wand des Fahrstuhls. Delano nutzte die Gelegenheit und half Rodriguez auf die Beine. Der Aufzug setzte sich wieder in Bewegung.

»Scheiße!«, fluchte Bradford. Und das war alles, was sie sagte, bis sie Rodriguez in einem separaten Raum der mobilen Einsatzzentrale auf einen Stuhl gesetzt hatte. Delano blieb bei ihm, während Bradford den Kontrollraum betrat. Der Captain sah sie nachdenklich an, als sie auf ihn zuschritt.

»Wo stehen wir?«

Er blickte kurz zu den Monitoren hinüber.

»Nun ja.« Er kratzte sich hinter den Ohren. Auf einem der Bildschirme war immer noch Russel zu erkennen. Das rote Display zeigte noch eineinhalb Minuten. Auf anderen Bildschirmen sah man die Wohnung. Bradfords Augen schweiften über die Monitore. Dann blieb ihr Blick hängen. Er zeigte den leeren Schacht des Fahrstuhls.

Sie tat, als hätte sie es nicht bemerkt.

»Wissen wir mehr?«

Der Captain schüttelte den Kopf. »Wir haben Leute bei allen großen Wahrzeichen der Stadt, insbesondere allen Standorten, die mit Politik oder dem Militär etwas zu tun haben könnten. Bisher verlief die Suche aber ergebnislos. Und nun ist es sehr wahrscheinlich zu spät.«

Er wandte sich der Übertragung von Russel zu, gab dabei einem der Operatoren ein Zeichen. Der Fahrstuhl verschwand vom Bildschirm.

Bradford schäumte innerlich vor Wut.

»Detective, Telefon für Sie.«

Bradford nahm das Headset entgegen.

»Was ist da draußen eigentlich los, verdammt noch mal?« Die Stimme von Cameron Williams dröhnte in ihren Ohren. »Wissen Sie eigentlich, was Ihre Art, mit solchen Situationen umzugehen, hier für ein Chaos ausgelöst hat? Haben Sie die Bombe?«

Bradford versuchte schon gar nicht, dem COD zu erklären, was geschehen war und warum. Es würde nichts daran ändern, dass sie ihren Job sehr wahrscheinlich los war. Ihr Blick glitt zurück zu Russel. Die rote Uhr zeigte noch neunundzwanzig Sekunden.

Sie deckte das Mikrofon mit einer Hand ab und wandte sich dem Captain zu.

»Können wir die Übertragung unterbrechen? Das müssen nicht alle mit ansehen, oder?«

Der Captain sah sie etwas länger an.

»Die Übertragung sehen nur wir hier. Alle von Rodriguez angemailten Stellen können den Film nicht mehr empfangen. Es war das Einzige, was wir tun konnten«, flüsterte er.

Sie nickte, ließ ihr Mikrofon los.

»Sir«, meldete sie sich zu Wort. »Ich werde die Verantwortung für alles übernehmen, was ich richtig gemacht habe und auch für alles, was ich nicht richtig gemacht habe. Aber ich werde diesen Fall zu Ende bringen. Wir haben sowohl den Schützen, der Harris getötet hat, als auch die Person, die Billy Haaland umgebracht hat. Wir ...«

Auf dem Bildschirm waren die letzten zehn Sekunden angebrochen. Sie biss sich auf die Lippen.

»Bradford? Was ist los?«

Gebannt starrten alle auf den Bildschirm.

Die letzten fünf Sekunden.

Und dann war die Uhr abgelaufen.

Kapitel 27

Und nichts geschah.

Russel saß immer noch regungslos da.

»Ich bin mir nicht sicher ...«, antwortete Bradford zögerlich. »Die Bombe ist nicht explodiert.«

»Wie bitte?«

»Der Countdown ist zu Ende, aber nichts ist passiert.«

Bradford konnte den Bildschirm nicht aus den Augen lassen. Fieberhaft versuchte sie, einen Sinn in dem Vorgefallenen zu finden. Dann wechselte das Bild. Ein anderer Raum. Sie erkannte Rodriguez Arbeitsort wieder. Die Kamera schwenkte hin und her und fing schließlich Russel ein, der an einen Stuhl gefesselt war. Sein Gesicht drückte Spott aus. Er schien die ganze Sache nicht wirklich ernst zu nehmen.

Bradford fällte eine Entscheidung.

»Wir kommen zurück aufs Revier.«

»Ich warte auf Sie.« Williams unterbrach den Anruf. Bradford nahm das Headset vom Kopf, während auf dem Bildschirm Russel den ersten Faustschlag kassierte. Seine Oberlippe platzte auf. Als er wieder in die Kamera blickte, war ihm das Lächeln vergangen.

»Du wirst alles sagen. Und alle werden es wissen.« Die Stimme klang verzerrt, wie diejenige eines Jungen im Stimmbruch, und doch zweifelte Bradford keine Sekunde daran, dass es sich dabei um Rodriguez handelte. Sie gab das Headset zurück und verließ ohne ein weiteres Wort den zentralen Raum.

Mit Blaulicht und Sirene waren sie durch Manhattan unterwegs. Knapp zwanzig Minuten später saß Rodriguez in Handschellen in einem Verhörraum. Bradford informierte Williams schnell über die letzten Ereignisse. Delano und Collister tauschten sich kurz über die Taktik aus, mit der sie das Verhör führen würden. Auch wenn der Countdown zu keiner

Explosion geführt hatte, mussten sie doch davon ausgehen, dass Rodriguez einen Plan hatte. Und den galt es nun herauszufinden. Aber da war noch etwas anderes, das Bradford wusste. Hatte Russel einmal öffentlich gestanden, würde er für Rodriguez wertlos sein. Und dieser hatte bereits bewiesen, dass er Ankläger und Richter zu spielen bereit war. Bradford konnte nur hoffen, dass Russel das erzwungene Geständnis lange hinausgezögert hatte. Das würde ihnen vielleicht ein wenig mehr Zeit geben.

Sofern Russel überhaupt noch am Leben war.

Williams hörte ihr geduldig zu, nickte dann und wann, stellte aber keine Fragen. Bradford wusste nicht, ob das ein gutes oder schlechtes Zeichen war. Er blickte immer wieder durch die Doppelverglasung in den Verhörraum hinüber, wo Rodriguez den Kopf auf die Tischplatte gelegt hatte.

»Gut. Wir wissen nicht, ob Russel noch lebendig ist oder schon tot. Wir wissen auch weder, wo er sich befindet, noch ob da eine Bombe nur darauf wartet, irgendwo in New York hochzugehen. Und die einzige Person, die das weiß, sitzt da drin.«

Bradford nickte.

»Er hat nach einem Anwalt gefragt?«

Abermals bestätigte Bradford.

»Ich ...« Weiter kam er nicht.

Die Tür zum Verhörraum wurde so heftig aufgestoßen, dass sie gegen die Mauer geschleudert wurde. Alle zuckten zusammen. Rodriguez, mit vor Schreck weit geöffneten Augen, starrte auf John Parks, der in voller Größe im Türrahmen stand.

Für einen Augenblick fror die Szene ein.

»Hallo, Rodriguez«, sagte Parks mit dieser leisen Genugtuung des Löwen, der wusste, dass sein Essen nicht mehr fliehen konnte.

»Grundgütiger«, entfuhr es Bradford. Mit zwei Schritten war sie bei der Tür, konnte aber nicht verhindern, dass Parks sich bereits an den Tisch gesetzt hatte. Er schien ihre Präsenz nicht einmal wahrzunehmen. Parks konzentrierte sich ausschließlich auf Rodriguez vor ihm. Der hatte sich auf seinem Stuhl so weit zurückgelehnt, wie er nur konnte. Sein Blick irrte von Parks zu Bradford und zurück. Ihm saß der Vorfall im Fahrstuhl anscheinend noch in den Knochen.

»So sieht man sich wieder«, begann Parks. »Und, nein, es sieht schlimmer aus, als es ist, danke der Nachfrage.« Er spielte dabei auf den Verband an, der ihm einen großen Teil des Kopfes verdeckte. Rodriguez erwiderte nichts. Seine Anspannung konnten beide jedoch deutlich spüren.

»Fassen wir mal zusammen. Wir haben einen ersten Toten, Harris. Getötet mit einer nicht registrierten Waffe, die Adam Parker gehört. Wir haben einen zweiten Toten, Billy Haaland. Getötet durch eine Bombe, die nicht für ihn gedacht war. Oder doch?« Parks ließ Rodriguez nicht aus den Augen. Das Schweigen legte sich schwer über den Raum, raubte diesem jegliche Größe. Aber Rodriguez schien das nicht sonderlich zu stören. Er blickte auf seine Hände. Und so fuhr Parks fort.

»Wir haben vielleicht ein weiteres Opfer, Clive Russel. Der sitzt irgendwo hier in New York gefesselt auf einem Stuhl, und wenn die Übertragung seines erzwungenen Geständnisses fertig ist, dann fliegt er in die Luft. Ist das so?«

Parks entging das kurze Aufflackern in den Augen seines Gegenübers nicht. Ein Hauch von Freude erhellte kurz Rodriguez' Gesicht.

»Also doch eine Bombe.« Parks seufzte und lehnte sich zurück. »Das bedeutet weitere Opfer.«

Er schien zu überlegen.

Urplötzlich schlug er mit der Faust auf den Tisch und lehnte sich dabei so weit über den Tisch, wie es ihm möglich war. »Und weitere Jahre im Gefängnis für Sie.« Er hatte den Satz mit solcher Heftigkeit gesprochen, dass nicht nur Rodriguez, sondern auch Bradford zusammenzuckte.

Sofort lehnte Parks sich wieder lässig zurück.

»Es muss schlimm für Sie gewesen sein, Hayden«, sagte er wie beiläufig.

Wenn Blicke töten könnten, wäre Parks in diesem Moment gestorben. Er tat, als bemerke er es nicht. »All die Stunden in Gefangenschaft. Diese endlose Angst, ohne Essen, ohne Licht. Und in jedem Augenblick konnte wieder jemand hereinkommen und Sie vergewaltigen. Oder Ihnen sonstwie wehtun. Wie erniedrigend es gewesen sein muss, nichts tun zu können, Hayden.« Etwas in Rodriguez' Körperhaltung veränderte sich. Der vorher noch mit einem gewissen Trotz hoch-gehaltene Kopf beugte sich leicht nach vorn, die Schultern verloren an Spannung. Rodriguez' Augen ließen Parks nicht mehr los. »Aber das Schlimmste kam nachher, nicht wahr?« Parks verzichtete bewusst auf einen Augenkontakt. Er inspizierte seine Fingernägel. »Als Sie in die Vereinigten

Staaten zurückkamen und niemand sich um Sie kümmerte. Niemand.«

Parks machte eine Pause.

»Klar, man gab Ihnen eine neue Identität, einen neuen Pass, Geld. Aber man löschte damit auch diejenige Person aus, die gelitten hatte. Hayden gab es plötzlich nicht mehr. Es war, als stürbe mit ihr auch jegliches Interesse an dem, was geschehen war.«

Rodriguez begann, unruhig zu werden. Seine Augen verengten sich.

»All die erlebten Sachen, der Verrat in den eigenen Reihen, das Hoffen auf Hilfe: Sie werden mich schon hier rausholen... Und dann –nichts. Keiner kam. Keiner kam Sie holen, Hayden. Und als Sie wieder in den USA waren, war keiner da, der herausfinden wollte, was geschehen war. All die erlebten Grausamkeiten, all die Angst ... einfach unter den Tisch gewischt.«

Rodriguez' Gesicht bekam bittere Züge. Seine Emotionen offenbarten sich im nervösen Kneten seiner Finger. All die gestauten Emotionen schienen hochzukommen.

»Verraten durch die eigenen Leute. Sie sind allein, Brown, und werden in einer kahlen Gefängniszelle Ihr restliches Leben verbringen. Allein. Niemand wird nach Ihnen fragen, wenn einmal die Presse sich des Falles angenommen hat. Man wird Ihren Versuch nicht ehren, die Wahrheit ans Licht zu bringen, sondern Sie als gefährlichen Psychopathen abstempeln, der unschuldige Zivilisten ...«

»Ich bin kein Psychopath!«

Kapitel 28

Rodriguez' erste Worte platzten mit purer Verzweiflung aus ihm heraus. Er wollte nicht mehr weiter zuhören und legte seinen Kopf auf den Tisch. Im darauf folgenden Schweigen begann er, leise zu schluchzen. Parks rührte sich nicht. Bradford blickte betroffen zu Boden. Sie hatte Rodriguez definitiv falsch eingeschätzt.

»Wo ist Russel?«, fragte Parks fast sanft.

Rodriguez sah nicht auf. Nach und nach ebbte das Schluchzen ab. Dann gab Rodriguez einen tiefen Seufzer von sich und richtete sich langsam wieder auf. Es war nicht mehr Rodriguez, der sich über die feuchten Augen wischte, es war Hayden Brown.

»Ich wollte das alles nicht«, sagte sie bitter. Ihre Stimme war höher als zuvor.

Parks schwieg.

»Ich wollte Gerechtigkeit. Ich wollte, dass Menschen wissen, was mir passiert ist.« Sie biss sich auf die Lippen, als eine neue Welle von starken Emotionen über sie hinwegrollte. Parks konnte die Tränen in ihren Augen sehen.

»In Libyen half mir niemand. Man klagte mich sogar an, ich hätte Harris im Stich gelassen. Wissen Sie, wie das ist, als Frau in Kriegsgefangenschaft zu geraten? All die Stunden der Erniedrigung mit dem einen Ziel, dich zu brechen, dich zu zerstören. Als Soldat der Vereinigten Staaten war ich ein Statussymbol für diejenigen, die mich gefangen genommen hatten. Als Frau war ich nicht mehr wert als Dreck.«

Sie schwieg, zog die Nase hoch.

»Und hier ...« Tränen rannen ihr übers Gesicht. »Hier war ich nicht viel mehr wert als ein neuer Pass. Das Gefühl, erneut vergewaltigt zu werden. Aus den Augen, aus dem Sinn. Und die stete Angst, trotzdem entdeckt zu werden. Jeden

Morgen aufzustehen und zu hoffen, dass mich niemand erneut verraten hat.«

»Sie mussten sich also etwas ausdenken, das Aufsehen erregen würde.«

»Ich hatte nur eine Chance.«

»Und dann kam Harris und hätte alles zunichtegemacht.«

»Mir war bewusst, dass Russel mich auch trotz der vielen Operationen sofort wiedererkennen würde.«

»Sie hatten keinen Kontakt zu ihm?«

»Keinen direkten.«

»Harris konnte alles auffliegen lassen.«

»Sie verstehen das nicht, Parks.«

»Helfen Sie mir.«

»Der Moment war gekommen.«

Parks sah Brown eindringlich an. »Sie haben Harris kontaktiert?«

»Ich durfte nichts dem Zufall überlassen. So lange hatte ich darauf hingearbeitet.«

»Sie haben ihn mit Parkers Waffe getötet?«

Brown antwortete wieder nicht, aber das Schweigen fühlte sich wie ein Geständnis an.

»Was ist dann passiert?«

»Ich wusste nicht, dass Russel Haaland hatte einfliegen lassen.«

»Hat er Sie am Tatort gesehen?«

»Ich bin mir nicht sicher. Aber ich konnte das Risiko nicht eingehen.«

»Woher wussten Sie, dass Haaland sich auf der Terrasse befinden würde?«

Brown schien mit ihren Gedanken ganz woanders zu sein. »Hayden?«

Sie blickte auf.

»Woher wussten Sie, dass Haaland sich auf der Terrasse befinden würde?«

Sie blickte Parks direkt an.

»Oh«, entfuhr es Parks, »natürlich. Sie haben ihn im Namen von Russel angerufen.«

»Die Bombe konnte ich zünden, wann immer ich wollte. Ich gab sie ab, wartete, bis Haaland auftauchte, gab ihm Zeit, auf die Terrasse zu gelangen.«

»Russel hätte dort sein können.«

»Nicht nach meinem Anruf.«

»Sie haben auch ihn angerufen?«

»Petersen war so freundlich und hat ihn von der Terrasse in seine Wohnung gebracht. Als er abnahm, habe ich aufgelegt.«

»Und dann haben Sie Russel entführt.«

»Die Gelegenheit war nur allzu günstig.«

»Aber dann kam etwas dazwischen.«

Brown nickte traurig.

»Adam kam dahinter, dass ich seine Waffe benutzt habe.« Sie seufzte. »Er liebte mich als Tony Rodriguez. Er hasste mich als Hayden Brown.«

»Er entwischte Ihnen in Elmhurst.«

»Meine Reflexe sind nicht mehr das, was sie mal waren.«

»Und dann haben Sie sich die Frage gestellt, wie Sie an ihn rankommen würden.«

»Er würde alles für seine Schwester tun.«

»Nur wartete in der Wohnung nicht Petersen auf Sie.«

Brown schüttelte den Kopf. »Er hatte vorausgesehen, dass ich seine Schwester hineinziehen würde und hat sie in Sicherheit gebracht.«

»Wie kommt es, dass er sie überwältigen konnte?«

»Ich habe ihn nicht durchsucht, als ich ihn an den Stuhl gefesselt habe.«

»Er konnte sich befreien?«

»Ich habe die Rollläden zugemacht und die Tür mit einer Bombe gesichert. Als ich ins Wohnzimmer zurückkam, war der Stuhl leer. Bis ich das realisiert hatte, war es schon zu spät.«

»Er hat Sie niedergeschlagen.«

Brown nickte betroffen.

»Er hat also die Rollläden geöffnet, weil er die Wohnung nicht durch die Tür verlassen konnte.«

Es klopfte an der Tür. Bradford öffnete sie einen Spaltbreit. Delano stand davor. Er beugte sich zu ihr und sagte ihr etwas ins Ohr. Sie nickte, schloss die Tür wieder und trat an den Tisch. Brown beobachtete sie mit Angst in den Augen. Sie beugte sich zu Parks und flüsterte ihm etwas zu.

Er nickte.

Sie trat wieder einen Schritt zurück.

»Aber warum das Vietnam Veterans Memorial Plaza?«

Kapitel 29

Die Überraschung war Brown anzusehen. Sie hatte mit allem gerechnet, aber nicht damit.

»Wie ...?«

»Wir haben Russel gefunden.«

»Das kann nicht sein.«

Die Tür zum Verhörraum ging auf, und Dick Garner erschien. Ein maßgeschneiderter Anzug, rote Krawatte auf weißem Hemd, ein brauner Aktenkoffer in der einen, die Türklinke in der anderen Hand. Ein frischrasiertes Gesicht und Augen, die an diesem Tag noch durch keinen Alkohol getrübt worden waren. Was normalerweise ab der Mittagspause der Fall war.

»Die Herren ... und die Dame.«

Er machte die ungeschickte Andeutung einer Verbeugung, während er die Tür hinter sich schloss.

»Ich glaube, ich komme gerade im richtigen Moment.«

»Das glauben sie alle«, seufzte Parks und stand auf.

»Herr Rodriguez, ich bin Dick Garner, Ihr Anwalt. Und ich möchte Sie bitten, nichts mehr zu sagen, bis wir uns unter vier Augen besprochen haben.«

Er wandte sich an Parks. »Sie hätten mich früher rufen sollen.« Parks machte einen Schritt auf den Verteidiger zu. Er überragte ihn um mindestens drei Köpfe.

»Das sagen sie alle.«

»Immer noch der gleiche Humor. Unerträglich.« Während Parks zur Tür ging, wandte sich Garner an Rodriguez. »Wir sind fertig hier.«

Parks öffnete die Tür und winkte den Polizisten zu sich, der davor stand.

»Officer, bitte verhaften Sie Tony Rodriguez für die Morde an Jordan Harris und Billy Haaland und bringen Sie ihn in eine Zelle.«

»Sie können doch nicht …«

Parks drehte sich zu Garner um. »Vielleicht haben Sie in diesem Fall ja recht, Garner. Heute sind Sie wirklich zu spät gekommen.«

Ohne ein weiteres Wort verließ er den Verhörraum. Und während der Polizist Rodriguez seine Rechte verlas, folgte ihm Bradford.

Zwanzig Minuten später saßen sie in ihrem Büro. Delano hatte Kaffee organisiert, Collister etwas fürs Gemüt.

»Du weißt schon, dass Zucker nicht gut für dich ist, oder?« Delano blickte verächtlich auf den Brownie, den Collister gerade verzehrte.

»Fängscht du scho wieder damit an?«, nuschelte Collister und putzte sich dabei den Mund ab.

»Wie er doch nach zwölf Stockwerken schnaufen musste, unser Collie.« Delano nahm einen Schluck aus seiner Tasse mit dem NYPD-Logo drauf.

»Ich habe genug gehört«, ging Parks dazwischen. »Könnt ihr diese Diskussionen nicht mal privat führen?«

Collister und Delano tauschten einen Blick, hatten aber keine Zeit, etwas zu erwidern. Cameron Williams gesellte sich hinzu.

»Habe gehört, jemand hat Brownies besorgt?«

Collister grinste und schob ihm den Teller zu. Dankend nahm er einen mit viel dunkler Schokolade.

»Köstlich!« Aber dann wurde er wieder ernst.

»Wie sind wir auf das Vietnam Memorial gekommen?«

»Ausgehend vom Fakt, dass der Kastenwagen ja irgendwie in die Parkgarage in der Vierundsechzigsten gelangt war, haben die Kollegen mit Hilfe der Verkehrskameras den zurückgelegten Weg rekonstruieren können. Dabei ist uns ein Abstecher aufgefallen, der nicht ins Bild passte«, wusste Delano zu erklären.

»Eigentlich ergibt es einen Sinn. Rodriguez war selbst ein gefallener Soldat. Und ich denke, am Ground Zero hätte er Russel nicht abladen können. Da ist zu viel Überwachung und Polizeipräsenz«, ergänzte Collister.

»Das Gute für uns ist, dass Russels Schicksal nicht an einer Bombe hing. Rodriguez wollte ihn nicht töten. Sein Geständnis würde es für ihn tun.«

Williams nickte.

»Hat jemand den Film vom Geständnis gesehen?«

»Nein, und ich bezweifle, dass eine durch Gewaltanwendung erhaltene Aussage vor Gericht irgendeinen Wert haben wird«, meldete sich Bradford zu Wort.

»Aber der Fall wird trotzdem neu aufgerollt.«

»Russel ist jedenfalls in Haft.«

»Was ist mit Parker?«

»Immer noch im Spital. Sein Leben ist zwar nicht mehr in Gefahr, aber die Ärzte haben ihn in ein künstliches Koma versetzt.

Obwohl er sehr viel Blut verloren hat, wird er es überleben.«

»Seine Schwester ist bei ihm«, ergänzte Collister. »Die war schneller vor Ort als die Ambulanz.«

»Gute Arbeit.« Williams wandte sich zum Gehen. »Und danke für den Brownie.«

»Es war ein langer Tag für uns alle«, sagte Parks schließlich. »Ich sehe euch morgen wieder.«

Das ließen sich Delano und Collister nicht zweimal sagen.

Einmal allein, nahm Bradford einen der übriggebliebenen Brownies und setzte sich Parks gegenüber.

»Ich frage mich, wie ich reagieren würde, hätte ich alles erlebt, was Hayden Brown erleben musste.«

»Glaub mir, das willst du nicht.«

Sie begann, die Unterlagen und Notizen auf ihrem Schreibtisch zu ordnen.

»Den Schreibkram machen wir morgen«, entschied Parks. Bradford nickte abwesend.

Ihre Konzentration war einem Blatt Papier vor ihr gewidmet.

»Ich frage mich auch ...« Sie studierte die handgeschriebene Notiz.

»Was denn?«

»Ich frage mich, wo Harris in die U-Bahn zugestiegen ist.«

»Das brauchen wir nicht mehr zu wissen. Ob es mit Parker zu tun hatte oder mit Russel oder mit Rodriguez, das spielt keine Rolle mehr.«

»Du hast recht.«

Sie packte das Memo zu den anderen Blättern und schloss den Deckel der Akte. In großen Buchstaben war Harris darauf zu lesen.

»Wieso ist Harris eigentlich gerade jetzt aufgetaucht?«

»Das war Teil von Rodriguez' Plan. Er hat Harris anonym kontaktiert und ihm zu verstehen gegeben, dass er Informationen besitze, die beweisen, dass Russel am Tod von Harris' Bruder schuld ist.«

»Und Harris hat darin eine Gelegenheit gesehen, sich Geld zu verschaffen.«

»Davon ist auszugehen.«

Sie schob die Akte seufzend von sich und stand auf.

»Ich brauch jetzt was zu trinken. Kommst du mit?«

»Wenn du mit meinem Turban zurechtkommst.«

»Die indische Art steht dir gut.«

»Tadele nicht den Fluss, wenn du ins Wasser fällst.«

»Shakespeare?«

»Indisches Sprichwort.«

Parks nahm seine Jacke an sich.

»Apropos indisch. Hunger habe ich auch.«

»Dann lass uns gehen.«

ENDE